Stefan Köhler

MISSION MALI

ACTION-THRILLER

EK-2 MILITÄR

MIT ILLUSTRATIONEN VON MARKUS PREGER

Für Mücke

Nichts bringt dich zurück, doch in unseren Herzen bist du immer bei uns.

Eine Veröffentlichung der EK-2 Publishing GmbH

Friedensstraße 12
47228 Duisburg
Registergericht: Duisburg
Handelsregisternummer: HRB 30321
Geschäftsführer: Monika Münstermann

E-Mail: info@ek2-publishing.com
Website: www.ek2-publishing.com

Cover: Getmilitaryphotos
Autor: Stefan Köhler
Illustrationen: Markus Preger
Umschlaggestaltung: Jill Marc Münstermann
Lektorat & Buchsatz: Jill Marc Münstermann

2. Auflage, Januar 2022

ISBN Print: 978-3-96403-098-6
ISBN E-Book: 978-3-96403-097-9

Ihre Zufriedenheit ist unser Ziel!

Liebe Leser, liebe Leserinnen,

zunächst möchten wir uns herzlich bei Ihnen dafür bedanken, dass Sie dieses Buch erworben haben. Wir sind ein kleines Familienunternehmen aus Duisburg und freuen uns riesig über jeden einzelnen Verkauf!

Mit unserem Label *EK-2 Militär* möchten wir militärische und militärgeschichtliche Themen sichtbarer machen und Leserinnen und Leser begeistern.

Vor allem aber möchten wir, dass jedes unserer Bücher **Ihnen ein einzigartiges und erfreuliches Leseerlebnis** bietet. Daher liegt uns Ihre Meinung ganz besonders am Herzen!

Wir freuen uns über Ihr Feedback zu unserem Buch. Haben Sie Anmerkungen? Kritik? Bitte lassen Sie es uns wissen. Ihre Rückmeldung ist wertvoll für uns, damit wir in Zukunft noch bessere Bücher für Sie machen können.

Schreiben Sie uns: info@ek2-publishing.com

Nun wünschen wir Ihnen ein angenehmes Leseerlebnis!

Jill & Moni
von
EK-2 Publishing

Mission Mali

Frühjahr 2017
Dakar, Senegal

Die Heckrampe des Transportflugzeugs schloss sich, was den schier infernalischen Lärm der vier Turboprop-Triebwerke schlagartig auf ein moderates Singen reduzierte.

Oberfeldwebel Kristina Wolff nahm den Gehörschutz aus ihren Ohren, sodass er am Bändchen um ihren Kinn baumelte, und reckte den Hals. Neugierig spähte sie an den Frachtpaletten im hinteren Teil des Laderaums vorbei, um einen Blick auf die Soldaten zu erhaschen, die bei ihrem kurzen Zwischenstopp in Dakar zugestiegen waren.

Sechs Männer im Wüstenflecktarn der Bundeswehr marschierten an den Standardpaletten vorbei und wurden vom Lademeister zu den Sitzen im vorderen Teil des Frachtraums geleitet. Dort waren mehrere Sitzreihen auf die Paletten montiert worden, was es der A400M ermöglichte, gleichzeitig Truppen und Material zu transportieren.

Unter Aufsicht des Lademeisters verstauten die Neuankömmlinge ihre Ausrüstung und Seesäcke in den Frachtnetzen an der Seitenwand. Sobald sie damit fertig waren, deutete der Lademeister, ein Sergent-chef der französischen Armée de l'air, auf die wenigen freien Sitze. Fast alle waren mit weiteren Soldaten und Gepäckstücken belegt.

»Take a Seat«, sagte er geschäftsmäßig.

»Merci«, erwiderte ein deutscher Feldwebel und winkte die anderen Neuankömmlinge zu den freien Sitzen im hinteren Bereich. Er selbst schob sich an den Sitzreihen vorbei, bis er neben dem freien Platz in der ersten Reihe stand.

»Ist der Sitz noch frei, Frau Oberfeldwebel?«, erkundigte er sich höflich.

»Sicher, Feldwebel«, entgegnete Kristina.

»Danke.«

Er setzte sich neben sie und legte den Sitzgurt an. Dann wandte er ihr den Kopf zu. Seine blauen Augen betrachteten sie einen Moment lang kühl und abschätzend, bevor er seine große, kräftige Hand ausstreckte.

»Michael Volkmann«, stellte er sich vor.

»Kristina Wolff«, erwiderte sie. Sie reichten einander flüchtig die Hand.

Die Triebwerksgeräusche veränderten sich, als die Piloten die Leistung erhöhten, was eine potenzielle weitere Unterhaltung zunächst unterbrach. Das Transportflugzeug rollte an und schwenkte auf die Startbahn. Nach einem weiteren kurzen Halt, dem sogenannten Last-Chance-Stopp, erhöhten die Piloten die Leistung erneut und die Maschine rollte zügig an. Keine 30 Sekunden später hob sich der Bug in die Luft und die Passagiere wurden in ihre Gurte gedrückt, denn sie saßen mit der Blickrichtung zum Heck. Die schwerbeladene Maschine erhob sich für ein Flugzeug dieser Größe überraschend elegant in die Luft, wobei der Triebwerkslärm mit dem Charme eines Industriebohrers auf die Passagiere einwirkte.

Rasch setzte Kristina wieder ihre Ohrstöpsel ein. Ihren Sitznachbarn schien ihre Hast zu erheitern, wenn sie das amüsierte Funkeln in seinen Augen richtig deutete. Erst jetzt erkannte sie, dass er selbst kleine, gelbe Schutzstopfen in den Ohren trug.

Einige Minuten später war die A400M auf ihrer Reiseflughöhe angekommen und die Triebwerke liefen wieder mit normaler Leistung, was den Gehörschutz überflüssig machte. Mit Erleichterung verstaute Kristina die beiden Schaumstoffdinger in der kleinen Plastikbox und steckte sie in ihre Brusttasche. Dann wandte sie sich an ihren neuen Reisegefährten. »Sind Sie in Dakar hängen geblieben?«

»Ja«, gab Volkmann etwas brummig zurück. »Nachdem man unseren Flieger aus dem Verkehr gezogen hat … Mal wieder.«

Die deutsche Luftwaffe verfügte derzeit über zehn Transportflugzeuge vom Typ Airbus A400M, und bei diesen hatte man einen kleinen technischen Defekt in der Klimaanlage festgestellt. Im Vergleich zu anderen Problemen mit den Maschinen war diese Störung eigentlich unbedeutend, denn sie beeinträchtigte die Einsatzbereitschaft nicht im Geringsten. Die Presse jedoch walzte die ganze Angelegenheit genüsslich zu einem Skandal erster Güte aus. Die Regierung hatte einige Tage lang über das Problem diskutiert; schließlich war Verteidigungsministerin Ursula von der Leyen vor die Kameras getreten, um ein allgemeines Flugverbot für die A400M anzuordnen. Deshalb waren einige Soldaten der Bundeswehr in Dakar gestrandet und mussten nun mit den französischen Maschinen nach Mali weitertransportiert werden. Die Flugzeuge der Armée de l'air befanden sich nämlich weiterhin im Einsatz, obwohl sie völlig baugleich zu den deutschen Modellen waren. Die Franzosen schienen im Einsatz eben andere Prioritäten zu setzen als die deutschen Verteidigungspolitiker, die sich von Presseberichten einmal mehr treiben ließen.

»Rund 1.000 Kilometer oder noch fast zwei Stunden bis Bamako«, sagte Kristina. »Und dann noch mal 900 Kilometer oder ein dreiviertel Stunden bis Gao.«

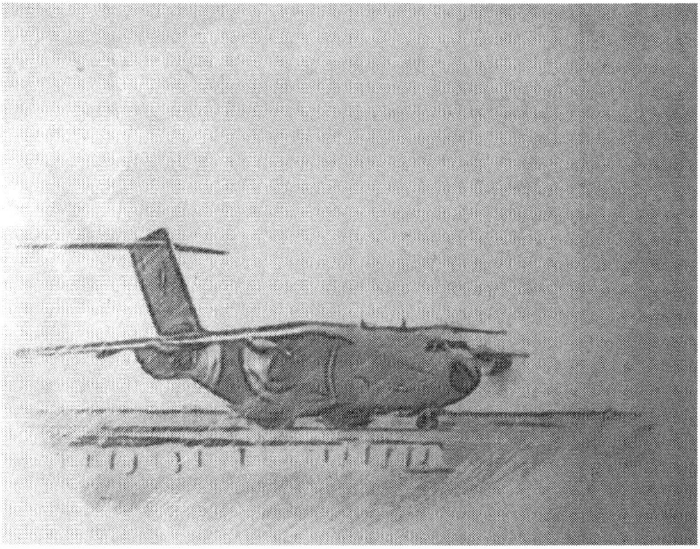

»Genug Zeit, um noch etwas zu schlafen«, merkte Volkmann mit einem dünnen Lächeln an und zog die Ohrstöpsel heraus. Dann kramte er einen alten, verschrammten MP3-Player aus seiner Brusttasche hervor, steckte sich dessen Ohrhörer ein und nickte ihr zu. Er ließ sich schlaff in den Sitz sinken und schloss die Augen.

Kristina beobachtete fasziniert, wie sich seine Brust schon nach wenigen Augenblicken regelmäßig hob und senkte. Verfügte der Feldwebel wirklich über die Fähigkeit, so schnell eingeschlafen? Erleichtert, aber auch ein wenig verwirrt betrachtete sie ihn. Er mochte so Anfang 30 sein, vielleicht einen Meter fünfundachtzig groß, mit kräftiger Statur, breiten Schultern und kurzem, dunkelblonden Haar. Kleine Fältchen um seine Augen verrieten ihr, dass er sich viel im Freien aufgehalten und zu oft in die Sonne geblickt hatte. Nach Hollywood-Maßstäben war er kein gutaussehender Mann, aber er verfügte über eine gewisse Anziehung.

Auf dem Flug hierher hatten die männlichen Soldaten, sowohl die Franzosen als auch die Deutschen, die ganze Zeit über versucht, sie in Gespräche zu verwickeln, wobei sie ihre wahren Absichten keineswegs verheimlicht hatten. Deshalb hatte sich Kristina auch schon auf der Höhe von Gibraltar in die erste Sitzreihe verkrümelt. Nur so hatte sie endlich Ruhe finden können. Es war schließlich nicht ihr Fehler, dass sie mit ihren 29 Jahren auf Männer reizvoll wirkte: Sie war einen Meter zweiundsiebzig groß, hatte kurzes, rotblondes Haar, den durchtrainierten Körper einer begeisterten Fußballerin und ein sympathisches Gesicht mit funkelnden grünen Augen. Sie war es gewohnt, dass die Männer sich für sie interessierten. Dass man sie hingegen gänzlich ignorierte, wie dieser Volkmann es tat, war eine neue Erfahrung für sie. Kristina schüttelte den Kopf, verdrängte den merkwürdigen Sitznachbarn aus ihren Gedanken und döste bald ein.

Gao, Mali

Auf dem weitläufigen Gelände des Flugplatzes von Gao herrschte reges Treiben. Fast ein Dutzend verschiedenste Transportflugzeuge mit den Kennzeichen und Tarnmustern fast ebenso vieler Länder stand aufgereiht auf der Betonpiste. Eine unbemannte Aufklärungsdrohne rollte gerade über die zweite Startbahn. Ein Stück weiter warteten drei Transporthubschrauber mit langsam drehenden Rotoren auf ihren Startbefehl. Neben den Helikoptern entluden mehrere Gabelstapler eine von der UNO gecharterte Antonow-Frachtmaschine der ukrainischen Volga-Dnepr Airlines. Überall zwischen den Luftfahrzeugen wuselte Militärpersonal der MINUSMA umher.

Seit 2012 tobte in Mali ein blutiger Bürgerkrieg. Dabei hatte das Land nach den ersten freien und demokratischen Wahlen im Jahre 1992 lange Zeit als Vorzeigedemokratie in Westafrika gegolten.

Im Norden Malis gründeten die Tuareg Ende 2011 eine Nationale Bewegung für die Befreiung des Azawad, kurz MNLA. Im Januar 2012 starteten sie einen Aufstand gegen die Regierung, um die Unabhängigkeit des Nordens zu erreichen. Dafür verbündeten sie sich mit diversen radikal-islamistischen Gruppierungen, darunter auch Al-Qaida. Es gelang ihnen, weite Teile im Norden des Landes unter ihre Kontrolle zu bringen. Da die Aufständischen besser ausgerüstet waren, konnte die malische Armee dem Feldzug der Rebellen nur hilflos zusehen. Der Zusammenbruch Libyens hatte die Tuareg – und zahllose andere bewaffnete Gruppierungen der Region – mit neuen und schlagkräftigen Waffen aus Gaddafis Lagern versorgt, durch die sie den malischen Streitkräften mit ihrer veralteten Ausrüstung überlegen waren. Die Aufständischen finanzierten sich über die Handels- und Schmuggelrouten, die diesen Teil der Sahara seit Jahrhunderten durchzogen. Drogenhandel, Waffenschmuggel, Entführungen und seit neustem auch Sklaverei … Die Aufständischen taten alles, womit sich Geld verdienen ließ. Der Süden Malis wurde durch Attentate und Geiselnahmen erschüttert, während die Bevölkerung im nördlichen Rebellengebiet Raubüberfällen, Morden und Vergewaltigungen ausgesetzt war. Ferner litten die Menschen dort unter Versorgungsengpässen bei Lebensmitteln und anderen Gütern des täglichen Bedarfs. Auch das Trinkwasser war nicht mehr flächendeckend verfügbar, da die Aufständischen die entsprechende Infrastruktur zerstört hatten. Im April 2012 proklamierten die Tuareg den autonomen Staat Azawad, der international jedoch nicht anerkannt wurde.

Parallel zu den Kämpfen im Norden, fand im März 2012 in der Hauptstadt Bamako ein Putsch des Militärs statt. Als Grund gaben die malischen Militärs das zögerliche Vorgehen der Regierung gegen den Aufstand an. Ein nicht erfolgreicher Gegenputsch stürzte das Land noch weiter ins Chaos. Der Putsch legte dabei offen, worunter Mali eigentlich litt: unter einem hohlen, korrupten Staat und einer Regierung, die über viele Jahre hinweg die Demokratie nur vorgetäuscht und sich so Entwicklungsgelder in Milliardenhöhe gesichert hatte. Aber sie kümmerte sich nicht um die politischen und gesellschaftlichen Strukturen im Land, schon gar nicht im kargen Norden.

Seit Mitte 2013 hatte Mali wieder eine gewählte Regierung. Diese ersuchte Frankreich, das intensive Beziehungen zu dem nordafrikanischen Staat unterhielt, um Beistand im Kampf gegen die Aufständischen.

Die Islamisten und Tuareg-Kämpfer bewegten sich auf die Hauptstadt zu, als der Westen aufzuhorchen begann. Mali, so fürchtete man, könnte zur neuen Brutstätte für global agierende Terrorgruppen werden. Und die knapp 12.000 Mann der malischen Streitkräfte würden die Aufständischen ohne Unterstützung gewiss nicht aufhalten können.

Frankreich intervenierte 2013, um die Islamisten im Norden des Landes zurückzudrängen. Es folgte eine Friedensmission der Vereinten Nationen, eben die MINUSMA. Die Abkürzung stand für den Zungenbrecher *Multidimensionale Integrierte Stabilisierungsmission der Vereinten Nationen in Mali.* Im Rahmen der UN-Mission waren über 13.000 Blauhelmsoldaten und 2.000 Polizisten aus mehr als 50 unterschiedlichen Nationen in Mali vertreten. Der Einsatz galt im Allgemeinen als gefährlichste und verlustreichste UN-Mission überhaupt: Zwischen den Jahren 2013 und 2017 wurden 116 Blauhelmsoldaten getötet.

Derzeit wurde die Mission von einem belgischen Kommandeur im Forces Headquarters (FHQ) in der Hauptstadt Bamako geführt.

Seit 2013 beteiligte sich auch die Bundeswehr an der Mission. Waren zunächst nur 150 Soldaten im Einsatz, so erhöhte sich ihre Anzahl bis 2017 auf rund 1.000 Männer und Frauen. Damit war die Auslandsmission in Mali aktuell die zweitgrößte der Bundeswehr – nach Afghanistan. Allein im Norden des Landes standen 875 deutsche Soldaten im Einsatz, welche im Camp Castor in Gao stationiert waren.

Gao, von 2012 bis Januar 2013 von den Kämpfern der Tuareg und Islamisten besetzt, lag im Nordosten Malis am linken Ufer des Flusses Niger. Berühmt war die Stadt für die rote Düne von Koyma, die direkt in Gao auf dem anderen Nigerufer lag und als eines der natürlichen Wahrzeichen der Stadt galt. Rund 90.000 Einwohner und zahlreiche Flüchtlinge aus dem Norden des Landes lebten in Gao, diesem wichtigen Knotenpunkt des Handels.

Die Bodenmannschaften der UN-Truppe sowie malische Arbeitskräfte bemühten sich mit nur mäßigem Erfolg, Ordnung ins Durcheinander auf dem Flugplatz zu bringen, während die französische A400M ihre Parkposition erreichte. Mit einem letzten Aufheulen verabschiedeten sich die Triebwerke in den Ruhemodus. Die Heckrampe senkte sich langsam herab und die heiße, trockene Luft aus der Sahara überfiel die Insassen. Fast sofort näherten sich Arbeiter und ein Gabelstapler, um die Frachtpaletten zu entladen, die bei ihrer Zwischenlandung in Bamako an Bord geblieben waren.

In Kristinas Sitznachbar kehrte das Leben zurück. Der Feldwebel nahm die Ohrhörer aus den Ohren und packte den MP3-Player wieder in seine Brusttasche. Dann legte er den Gurt ab, stand auf und streckte sich.

»Ausrüstung aufnehmen und dann am Heck sammeln, Leute«, wies er die fünf Soldaten an, die mit ihm in Dakar zugestiegen waren.

Auch Kristina erhob sich und strebte dem Frachtnetz entgegen, in dem ihre eigene Ausrüstung untergebracht war. Der französische Sergent-chef war ihr dabei auffällig behilflich, obwohl sie ihm schon kurz nach dem ersten Start klar gemacht hatte, dass sie nicht an seiner Aufmerksamkeit interessiert war. Wie auch immer, so gelangte sie immerhin rasch an ihre Sachen. Im Anschluss arbeitete Kristina sich zum Heck vor und marschierte forsch die Rampe hinunter.

Das grelle Sonnenlicht machte sie nahezu blind. Sie zog rasch ihre Sonnenbrille hervor und setzte sie auf. Hitze flimmerte auf dem Beton und die Luft schien förmlich zu kochen.

»Alter Gevatter, ist das heiß hier«, maulte einer der Soldaten neben ihr. »Das sind locker über 35 Grad!«

»Wenigstens ist es eine sehr trockene Hitze«, witzelte ein anderer, der an ihr vorüberging.

Kristina sah sich einen Moment lang um, nahm die neuen Eindrücke und Gerüche ihrer Umgebung in sich auf.

»Afrique, la belle afrique«, murmelte sie verträumt vor sich hin. *Afrika, das schöne Afrika*. Hier befand sich die Wiege der Menschheit, hier hatte sich vor Millionen von Jahren der moderne Mensch, der Homo Sapiens, entwickelt. Mit einer Fläche von 30,2 Millionen Quadratkilometer verfügte der Kontinent über etwa 22 Prozent der gesamten Landfläche des Planeten und war Heimat von mehr als 1,3 Milliarden Menschen. Zahlreiche Filme, Bücher, Mythen und Legenden hatten bei Kristina die romantische Vorstellung eines wilden, ungezähmten Kontinents geprägt. Nun war sie endlich hier, um alles mit eigenen Augen sehen zu können.

»Afrique, sanglante afrique«, sagte ihr ehemaliger Sitznachbar, der, bepackt mit Ausrüstung und Waffen, neben ihr her schritt.

»Wie meinen Sie das? *Blutiges Afrika*?«, wollte Kristina wissen, etwas verstimmt darüber, dass er ihre Träumerei unterbrochen hatte.

»Na, werfen Sie doch mal einen Blick auf die Landkarte«, meinte Volkmann mit einem grimmigen Zug um den Mund. »Krieg, Bürgerkrieg, ethnische Konflikte, bewaffnete Auseinandersetzungen, Aufstände oder wie auch immer man es nennen möchte. Von Nord nach Süd und von Ost nach West. Der ganze Kontinent ist praktisch eine einzige Feuer-frei-Zone.«

»Das ist eine sehr zynische Ansicht, Feldwebel«, hielt ihm Kristina tadelnd vor.

»Sicherlich ist es das«, gab er mit einem Schulterzucken zu. »Aber bedauerlicherweise ist das auch eine Tatsache. Unsere Anwesenheit ist doch das beste Beispiel dafür.«

»Es ist unsere Aufgabe, diese Zustände zu ändern, sie zu verbessern.« Kristina funkelte den Mann herausfordernd an, was jedoch durch die Sonnenbrillen, die beide trugen, erheblich in der Wirkung gemindert wurde. »Oder sehen Sie das etwa anders, Feldwebel?«

Sie sollte nie erfahren, was er antworten wollte, denn Volkmann zuckte unvermittelt zusammen und fuhr herum. Über das Turbinengeheul auf dem Flugplatz legte sich ein leises, gerade noch wahrzunehmendes Geräusch. Ein Geräusch, das einem durch Mark und Bein ging und das man niemals wieder vergaß, wenn man es erst einmal vernommen hatte.

Kristina Wolff stand zu seiner Linken, etwa zwei Meter von ihm entfernt. Vielleicht war es ein uralter Beschützerinstinkt, der ihn dazu trieb, sie an den Hüften zu packen und sie mit einem lauten Warnruf zu Boden zu reißen.

»VOLLE DECKUNG!«

Er rollte sich mit ihr über den heißen Beton, warf sich schützend über sie, als auch schon die erste Detonation das Gelände erschütterte und die Druckwelle ihnen die Luft aus der Lunge drückte.

*

Die westafrikanische Pinasse lag in einem Seitenarm des Niger. Das knapp 15 Meter lange Boot war ein typischer Anblick in diesem Teil der Welt, auch an ihrer Ladung aus Reissäcken schien nichts ungewöhnlich zu sein. Nun jedoch legten die zehn Männer an Bord dicke Bohlen über die Reisladung und befestigten sie dort. Im Handumdrehen entstand eine stabile Plattform für die beiden Bodenplatten aus Metall. Einige weitere Säcke wurden weggenommen und hölzerne Munitionskisten kamen zum Vorschein. Zwei 82-mm-Mörser sowjetischen Ursprungs wurden auf den Bohlen in Stellung gebracht. Die Waffen waren uralt, verrostet und in erbärmlichen Zustand, aber gerade deshalb hatten sie sich für sie entschieden – sie waren entbehrlich. Von ihrem Standort aus reichten die Mörser so gerade an den Flugplatz heran, auf dem sich die Blauhelme tummelten. Nacheinander wurden die Munitionskisten geleert und über Bord geworfen. Jetzt befanden sich nur noch die Granaten und die beiden BM-37-Mörser an Bord. Weitere Waffen führte die Besatzung nicht mit, von einigen Messern mal abgesehen. Aber damit würden sie bei einer Überprüfung nicht auffallen.

Auf ein Nicken des Kapitäns hin ließen die beiden Schützen die ersten Granaten jeweils in den Lauf des Mörsers gleiten. Mit dem ihnen eigenen Abschussgeräusch husteten diese die Granaten hinaus. Die beiden Schützen der Al-Qaida hatten bereits vier Geschosse in die Luft befördert, bevor die erste Explosionswolke auf dem UN-Flugplatz in den Himmel stieg. Zielen mussten sie nicht, durch die Bewegungen der Wellen sowie den Wind verteilten sich die Einschläge über ein weites Gebiet. In knapp einer halben Minute waren alle Granaten aufgebraucht. Nachdem sie ihren Zweck erfüllt hatten, warf die Besatzung die beiden Mörser und die Bodenplatten über Bord. Die dicken Bohlen wurden wieder unter die Reissäcke gelegt und die Ladung neu verteilt.

Der Kapitän startete den Motor und die Pinasse steuerte wieder auf den Niger zu. Sollte man sie stoppen und überprüfen, so befand sich nichts Verdächtiges mehr an Bord. Wenige Minuten später waren sie im Schutz von Dutzenden ähnlichen Booten untergetaucht und spurlos verschwunden.

*

Feldwebel Michael Volkmann schüttelte den Kopf, um das Dröhnen aus seinen Ohren zu vertreiben, und schnappte dabei nach Luft. Staub und der beißende Geruch von verbrannten Sprengstoffen ließen ihn husten. Immerhin bekam er dadurch seine Ohren wieder frei, vernahm schließlich das verspätete Heulen der Sirene, aber auch Hilferufe in einem Dutzend verschiedener Sprachen, die ihm unbekannt waren. Die Schmerzensschreie hingegen verstand er auch ohne Übersetzung.

Volkmann rollte sich von Oberfeldwebel Wolff hinunter, sprang auf und zog sie ebenfalls hoch. Er ignorierte ihren schwachen Protest und zerrte sie mit Gewalt hinter sich her, auf einen der vielen Splitterschutzgräben zu, die neben dem Rollfeld angelegt waren.

»In die Gräben!«, donnerte Volkmann. »Vielleicht ist der Angriff noch nicht vorbei!«

Er sprang in ein Deckungsloch, zog Kristina einfach mit sich, die sich wie eine umher geschleuderte Puppe vorkam.

»Was ist passiert?«, fragte sie benommen. Der Schlag von der Druckwelle und seine wenig feine Art, sie zu Boden zu stoßen, hatten sie auf dem falschen Fuß erwischt.

»Mörserbeschuss«, lautete die knappe Antwort des Feldwebels, der mit den Händen nun über ihre Schultern, Arme und den Rumpf strich.

»He! Was soll das?«, begehrte Kristina auf. Sie versuchte, seine Hände wegzuschlagen und zerkratzte ihm die Unterarme, doch er war stärker als sie und ignorierte ihre Bemühungen einfach.

»Sind Sie getroffen?«, stieß er besorgt hervor, während er über ihre Hüften strich und dann ihre Beine abtastete. »Hey, sehen Sie mich an! Sind Sie in Ordnung?«

So langsam ging Kristina auf, dass der Feldwebel die Gelegenheit nicht dazu ausnutzte, um sie zu betatschen, sondern dass er ihren Körper nach Verletzungen absuchte. »Oh … ich … mir tut alles weh, aber ich glaube, ich bin okay.«

Sie kam sich in diesem Moment unglaublich dumm vor.

»Ich kann auch keine Verletzungen finden«, sagte er und lehnte sich zurück. Die Sonnenbrillen hatten sie verloren, sodass Kristina in seine blauen Augen sehen konnte. Die wirkten nun überhaupt nicht mehr kühl, sondern besorgt. Sie offenbarten eine seltsame Wärme.

»Mir geht es gut«, versicherte sie ihm. »Ich war nur ein wenig durcheinander.«

»Verständlich«, meinte Volkmann kurz angebunden. Als wäre es ihm peinlich, dass er sich seine Besorgnis hatte anmerken lassen, sprang er rasch auf. Er streckte den Kopf vorsichtig aus dem Splittergraben, peilte die Lage, bevor er hinauskletterte und nach seinen Kameraden sah. Die hatten den Feuerüberfall ebenfalls unbeschadet im benachbarten Graben überstanden.

Kristina stand auf und ließ den Blick umherwandern.

Ein alter Antonow-Transporter irgendeines afrikanischen Landes stand in hellen Flammen. Sie produzierten eine dichte Rauchwolke, die langsam in den Himmel aufstieg und dort zerfaserte. Aus einer der Lagerhallen erhob sich dichter Rauch. Auf dem Vorfeld lagen die brennenden Trümmer eines französischen Hubschraubers verstreut. Helfer und Rettungstrupps eilten aus allen Richtungen herbei. Löschfahrzeuge rollten auf die Betonflächen und sprühten Schaum auf die in Flammen stehenden Luftfahrzeuge.

Besatzungen rannten auf ihre Maschinen zu, um sie auf Schäden zu überprüfen, und bereiteten sich darauf vor, sie aus dem Gefahrenbereich zu schaffen.

Das Flughafengebäude war nur knapp einem Volltreffer entgangen. Im Sandsackwall vor dem Haupteingang klaffte eine große Bresche. Zwei der malischen Milizposten lagen regungslos am Boden. Ihr Blut wurde vom Sand, der aus den aufgerissenen Säcken strömte, aufgesogen.

»Sanglante afrique«, sagte Kristina traurig und mehr zu sich selbst als zu jemand anderem. »Blutiges Afrika.«

Camp Castor, Gao

Das Feldlager Camp Castor war von der niederländischen Armee errichtet worden. Am Eingang zum Kommandoposten des großen Lagers hinter den obligatorischen Splitterschutzboxen – Drahtkörbe, gefüllt mit Splitt und Steinen – wuchsen mehrere Fahnenmasten aus dem Grund, an denen die Flaggen der im Camp vertretenen Nationen im heißen Wüstenwind flatterten.

Unzählige Container und Zelte bildeten lange Reihen, in denen die Unterkünfte, Werkstätten, Vorratslager, Kantinen, Duschen und alle anderen für das Lagerleben benötigten Einrichtungen untergebracht waren. Durchzogen war das gesamte Camp von Splitterschutzboxen, die zusätzlich einen Ring um die ganze Einrichtung spannten. Jener Ring aus Splitterboxen war rundherum mit NATO-Draht, Wachtürmen und Stellungen für schwere Maschinengewehre und automatische Granatmaschinenwaffen gesichert. Darüber hinaus schützten Wachposten mit Ferngläsern, auf Masten montierte Kameras, weit reichende Radaranlagen und in der Luft kreisende Drohnen, die unaufhörlich die Umgebung absuchten, das Lager. Ferner standen innerhalb des Lagers Artillerieeinheiten auf Abruf bereit, ausgerüstet mit Granatwerfern und Haubitzen, um Angreifer zurückzuschlagen.

»Mann, ein so gut gesichertes Lager habe ich ja noch nie gesehen«, meinte ein Stabsgefreiter, als die kleine Gruppe aus den Transportpanzern kletterte.

»Das kannst du laut sagen, Jewgeni«, pflichtete ihm ein anderer Kamerad zu und erhob seine Stimme, um den einsetzenden Rotorlärm zu übertönen. »Und das musst du auch! Sieht mal, auf zwei Uhr!«

Rechter Hand stieg ein Apache-Kampfhubschrauber vom Landefeld auf. Als er dröhnend über sie hinwegdonnerte, konnten die Soldaten am Boden die Abzeichen der niederländischen Streitkräfte am langen Heckausleger erkennen. Unter den Stummelflügeln hingen Panzerabwehrlenkwaffen und Behälter mit ungelenkten Raketen. Die 30-Millimeter-Bordkanone schwenkte suchend von einer Seite zur anderen, folgte den Kopfbewegungen des Bordschützen. Der Hubschrauber vollführte eine weite Kehre um das Camp. Offenbar wollte er die Landung einer amerikanischen Transportmaschine absichern, die gerade auf das Camp herabstieß.

»Ich frage mich nur: Warum mussten wir in Gao landen, wenn wir auch hier ein Flugfeld haben?«, wunderte sich Jewgeni. »Das hätte uns den ganzen Feuerzauber erspart!«

»Ganz einfach«, antwortete sein Kumpel. »Das Flugfeld wurde letzte Nacht mit Raketen beschossen, weshalb hier niemand landen konnte, bevor die Krater aufgefüllt waren.«

Jewgeni machte ein langes Gesicht. »Ist ja ´ne ganz besch…eidene Gegend, in die sie uns geschickt haben.«

»Schluss jetzt mit dem Gemecker!«, rief sie Feldwebel Volkmann zur Ordnung. »Waffen und Ausrüstung aufnehmen!«

Volkmann schwang sich seinen Seesack mittels der Trageriemen über die Schulter. Zusätzlich nahm er seine persönliche Waffe auf, ein modifiziertes G36K mit einem unter dem Lauf montierten Granatwerfer.

»Mir folgen«, wies er seine fünf Kameraden an, allesamt Mannschaftsdienstgrade.

Schon nach wenigen Schritten glänzten ihre Gesichter vor Schweiß, denn die Außentemperaturen kratzten an der 39-Grad-Marke.

Ein Unteroffizier in Bundeswehrtarnkleidung und mit Sonnenbrille auf der Nase erwartete sie bereits: »Willkommen im Camp Castor, Kameraden. Eure Unterkünfte sind bereits vorbereitet. Feldwebel Volkmann, Sie sollen sich umgehend beim Herrn Oberstleutnant im Kommandogebäude melden.«

»Verstanden, Unteroffizier. Es wäre sehr nett, wenn sich währenddessen jemand um meine Ausrüstung kümmern könnte.«

»Das ist doch kein Problem, Herr Feldwebel. Ich bringe Ihre Sachen zu Ihrem Quartier«, bot der Unteroffizier hilfsbereit seine Dienste an. »Die Nummer Ihres Wohncontainers ist T-411.«

»Danke sehr.« Mit einem leicht amüsierten Zug um die Mundwinkel verfolgte der Feldwebel, wie der Unteroffizier den Seesack aufnahm und ihn sich mit offenkundiger Mühe auf die Schultern lud. Die fünf Mannschafter folgten ihm im Gänsemarsch zu den Wohncontainern.

Volkmann merkte sich die Richtung, ehe er sich zum Kommandogebäude aufmachte, wo er sich bei den Wachposten anmeldete. Vier niederländische MINUSMA-Soldaten standen sich vor dem Gebäude die Beine in den Bauch, was dem Feldwebel genug über die Sicherheitslage vor Ort verriet. Einer der Posten sprach in sein Funkgerät. Einige Minuten später erschien eine belgische Stabsgefreite und führte den Feldwebel ins Hauptquartier. Volkmann seufzte erleichtert auf, als er das klimatisierte Gebäude betrat. Mit der frischen Brise, die die Lüftungslamellen durch die Räume pusteten, ließ es sich gleich etwas besser aushalten.

Nach wenigen Schritten erreichten die Belgierin und er jenen Bereich, der dem deutschen Truppenkontingent zur Verfügung stand. In den Büroräumen arbeiteten einige Offiziere, Unteroffiziere und Mannschaften der Bundeswehr, saßen an Schreibtischen und Computern oder beugten sich über Lagekarten.

Ein Hauptmann verzog missbilligend das Gesicht.

»Wie sehen Sie denn aus, Herr Feldwebel?«, fragte er mit aufgebrachter Fistelstimme, stemmte dabei die Hände in die Hüften und betrachtete Volkmann prüfend.

Der Feldwebel war verschwitzt, seine Tarnkleidung verdreckt und er roch nach Rauch und den Rückständen von Explosivstoffen.

»Ich freue mich auch, Sie wiederzusehen, Hauptmann Boiger«, entgegnete Volkmann trocken.

Armin Boiger sackte der Unterkiefer herab, als er in dem verdreckten Feldwebel den ehemaligen Mannschaftsdienstgrad aus Afghanistan wiedererkannte.

»Sie?«, stieß er verblüfft hervor.

Volkmann kannte Hauptmann Boiger, damals noch den Rang des Leutnants bekleidend, aus Afghanistan. Dort war er der Laufbursche ihres Einsatzoffiziers gewesen, stets danach bestrebt, seinem Vorgesetzten zu gefallen. Boiger war knapp 1,75 Meter groß, sein Haarschopf war dunkel. Trotz Tarnanzug wirkte er eher wie ein Büroangestellter.

»Ich soll mich beim Herrn Oberstleutnant melden«, fuhr Volkmann ungerührt fort. »Darf ich meine Waffe so lange hier deponieren?«

»Aber sicher doch, Herr Feldwebel«, sagte ein Oberstabsgefreiter, der vergnügt verfolgt hatte, wie Boiger von der Ankunft des Neuankömmlings aus dem Konzept gebracht worden war.

»Danke, Kamerad. Die Waffe ist ungeladen und gesichert.«

Der Oberstabsgefreite nahm das G36K entgegen und bewunderte es erst einmal eingehend, schließlich handelte es sich bei der Waffe nicht um das Standardmodell.

»Die Waffe will ich aber wiederhaben, Kamerad«, mahnte Volkmann sanft, als er das begehrliche Glitzern in den Augen des Mannschafters wahrnahm. Der Oberstabsgefreite sah von dem G36 auf und ein leicht verlegenes Lächeln erschien auf seinem Gesicht.

»Natürlich, Herr Feldwebel. Aber man wird ja wohl noch träumen dürfen.«

»Wenn Sie wollen, kann ich Ihnen nachher die Spezifikationen geben«, bot Volkmann an.

»Sehr gern. Danke, Herr Feldwebel.«

Volkmann nickte ihm kurz zu, ging zur Tür mit dem Kommandeursschild rüber und ließ den perplexen Hauptmann Boiger einfach stehen.

Der Feldwebel klopfte an.

»Herein«, ertönte eine gedämpfte Stimme über dem Summen der Klimaanlage.

Volkmann öffnete die Tür und trat ein, um fünf Schritte vor dem Schreibtisch des Kommandeurs Haltung anzunehmen.

»Herr Oberstleutnant, Feldwebel Volkmann, melde mich wie befohlen«, sagte Volkmann das übliche Sprüchlein auf, während er die Hand an die rechte Schläfe legte.

»Stehen Sie bequem, Volkmann«, sagte der Oberstleutnant auf der anderen Seite des Schreibtischs, den Telefonhörer am linken Ohr, und deutete mit der freien Hand einen Gruß an.

Vor dem Tisch hatte ein junger Leutnant Platz genommen. Er schien so um die 20 zu sein, hatte die 1,80-Meter-Marke knapp verfehlt, hatte dichtes, schwarzes Haar, einen bleistiftdicken Schnurrbart auf der Oberlippe und dazu die sportliche Figur eines Leichttatlehen.

»Ich verstehe. Danke.« Der Oberstleutnant legte den Hörer auf. »Einen Moment noch, Feldwebel. Wir sind sofort fertig.«

Er unterschrieb eilig einige Papiere und reichte sie dem Leutnant.

»Das wäre dann alles, Leutnant Yilmaz.«

»Jawohl, Herr Oberstleutnant.«

Der junge Offizier erhob sich von seinem Stuhl und grüßte. Nachdem der Gruß vom Kommandeur erwidert worden war, nickte er dem Feldwebel freundlich zu und verließ den Raum.

»Schön, Sie wiederzusehen, Feldwebel.«

Oberstleutnant Volker Sternberg betrachtete Volkmann mit einem breiten Grinsen. Sternberg ging stramm auf die 50 zu, maß 1,88 Meter, hatte breite Schultern, eine schmale Taille und ein wettergegerbtes Gesicht. Seit ihrem letzten Zusammentreffen war Sternbergs Augenpartie um einige Falten reicher geworden und das volle, schwarze Haar war an den Schläfen nun grau meliert.

»Ich freue mich auch, Herr Oberstleutnant«, erwiderte Volkmann.

Und dann breitete der grinsende Sternberg die Arme aus und Volkmann begriff, dass jetzt von ihm erwartet wurde, sich dem Oberstleutnant zu nähern, der offensichtlich die Absicht hatte, ihn in die Arme zu schließen. Gehorsam trat er an seinen Kommandeur heran.

»Verdammt, Digger, ich freue mich wirklich, dich zu sehen«, sagte Sternberg und dann legte er die Arme um den jüngeren Mann. »Auch wenn die Leute für gewöhnlich in besserem Zustand eintreffen, um sich bei mir zu melden.«

»Ich bitte den Herrn Oberstleutnant um Verzeihung«, sagte Volkmann etwas betreten. »Aber als wir in Gao landeten, wurde der Flugplatz angegriffen …«

»Ja, davon habe ich schon gehört«, unterbrach ihn Sternberg und ließ den Feldwebel los. »Darum ging es eben am Telefon. Aber über eventuelle Verluste gibt es noch keine Nachricht.«

»Zwei der malischen Milizposten wurden getötet, fünf Mann der UN-Truppe sind verwundet worden«, berichtete Volkmann. »Dazu kommt einiger Sachschaden an Gebäuden und Fluggeräten. Es war ein blitzartiger Feuerüberfall mit Mörsern, so wie wir das schon in Afghanistan erlebt haben.«

Sternberg nickte. »Laut unseren Schlapphüten vom Nachrichtendienst sollen die Aufständischen einige Experten aus Afghanistan und dem Irak angeworben haben. Zudem erhalten die Tuareg seit Neustem auch noch Unterstützung vom Islamischen Staat.«

Die Betonung des Wortes »Experten« ließ keinen Zweifel daran, wie der Oberstleutnant dazu stand.

»War ja klar, dass die sich diese Gelegenheit nicht entgehen lassen.«

»Sicher.« Sternberg boxte Volkmann gegen den Arm. »Aber ich habe gehört, dass du dich mal wieder als Lebensretter betätigt hast«, sagte er und lächelte. »Scheint ein richtiges Hobby von dir zu werden, wie?«

Volkmann zuckte nur mit den Schultern. »Ich mache nur mein Job.«

Sternberg schüttelte amüsiert den Kopf. »Guter Konter, Digger.«

Er deutete auf den Stuhl, der eben noch von Leutnant Yilmaz besetzt worden war.

Volkmann nahm Platz und sah den Oberstleutnant erwartungsvoll an.

Sternberg atmete tief durch und faltete die Hände auf dem Schreibtisch. »Damit kommen wir zum Grund, warum ich dich angefordert habe. Was weißt du über die Lage hier?«

»Die Lage ist, mit Verlaub gesagt, beschissen, und es wird immer schlimmer. Jede Woche gibt es zahlreiche Überfälle auf die UN-Truppen, dazu kommen noch gezielte Angriffe auf die zivile Infrastruktur im Süden und jede Menge Anschläge auf die Bevölkerung«, zählte Volkmann auf.

»Sehr schön. Damit weißt du schon mal mehr über die Lage hier als der Bendlerblock oder die Hardthöhe.«

Sternberg deutete auf die Karte an der Wand.

»Wir sitzen hier auf einem Pulverfass, das jederzeit hochgehen kann. Aber wir tun unser Bestes, um die malische Armee zu beraten, auszubilden und zu unterstützen. Dafür brauche ich dich. Ich möchte, dass du mit den Malis arbeitest und sie ausbildest.«

»Auftrag verstanden, Herr Oberstleutnant.«

»Gut. Außerdem möchte ich, dass du auf Leutnant Yilmaz aufpasst. Er ist dein neuer Zugführer und kommt frisch von der Offiziersschule. Das hier ist seine erste Verwendung.«

»Verstanden, auf den Herrn Leutnant aufpassen«, wiederholte Volkmann.

»Du kriegst das schon hin, Digger.« Sternbergs Gesichtsausdruck wurde weicher. »Jetzt mal kurz privat: Wie geht es dir?«

Volkmann rutsche für einen kleinen Moment unbehaglich auf seinem Stuhl hin und her. »Sie wissen ja, wie man so sagt, Herr Oberstleutnant. Für die Eltern soll es viel schlimmer sein als für den Verlobten.«

Das ist nichts weiter als dummes Gelaber, Digger, dachte Sternberg bei sich. Aber er hatte die Frage einfach stellen müssen. Leicht war es ihm nicht gefallen.

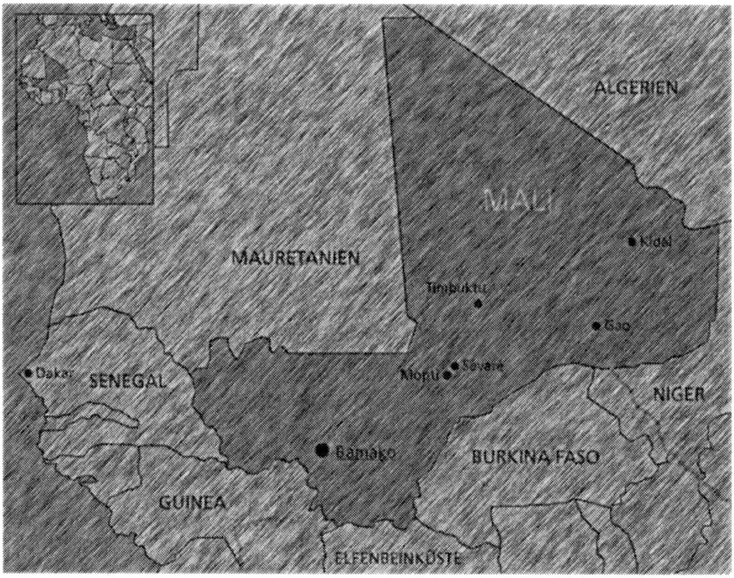

»In Ordnung, Digger. Dann bezieh mal dein Quartier. Ach ja, ihr werdet die Wohncontainer mit den Soldaten der malischen Spezialkräfte teilen.«

»Wie bitte?«, fragte Volkmann verblüfft nach. Normalerweise hatten die Soldaten einen gewissen Einfluss darauf, mit wem sie ihren Wohncontainer bezogen. Wenn man über viele Monate hinweg auf engem Raum zusammenlebte, musste man mit seinem Zimmergenossen zumindest einigermaßen gut klar kommen, um unnötige Spannungen zu vermeiden.

Sternberg hob die Hände. »Die Anweisung kommt von ganz oben, da kann man nichts machen. Also werden wir lächeln und unsere Befehle befolgen. Das nennt man auch fröhlichen Gehorsam.«

»Jawohl, Herr Oberstleutnant. Quartier beziehen und fröhlich lächeln.« Der Feldwebel ließ seine Zähne aufblitzen und verzog das Gesicht zu einer Grimasse.

»Das sollte reichen«, feixte der Oberstleutnant amüsiert. »So, Digger, es hat mich gefreut, aber ich habe noch zu tun.«

Volkmann schoss in die Höhe und grüßte. »Melde mich ab, Herr Oberstleutnant.«

Sternberg hob die Hand an die Schläfe. »Wir sehen uns.«

Volkmann machte kehrt, verließ das Büro des Oberstleutnants. Draußen nahm er sein G36K wieder in Empfang und schrieb dem Oberstabsgefreiten alle Änderungen an der Waffe auf, bevor er den Container verließ. Hauptmann Boiger starrte ihm gedankenverloren nach.

*

Als Volkmann aus dem klimatisierten Stabsgebäude trat, traf ihn die Hitze wie ein Keulenschlag. Er orientierte sich noch einmal kurz am ordentlich ausgehängten Lageplan des Camps und fand die Position des Wohncontainers T-411. Schon nach wenigen Minuten Fußmarsch entdeckte er den gesuchten Container in einer langen Reihe aus Metallkästen, die alle mit eigenen Splitterschutzboxen gesicherten waren. Inzwischen strömte ihm der Schweiß aus allen Poren. Jetzt, gegen Mittag, lag die Temperatur weit jenseits der 40 Grad Celsius.

Vor dem Container mit der Aufschrift T-411 stoppte er und klopfte nach kurzem Zögern an die Tür.

»Herein!«, rief eine tiefe Stimme.

Volkmann öffnete die Tür, trat ein und lächelte. Es überraschte ihn, einen sehr großen Malier im Container stehen zu sehen, der einzig mit schwarzen Boxershorts bekleidet war.

»Überraschung, Weißbrot!«, dröhnte der Mali. Sein Englisch wies einen starken französischen Akzent auf. »Ich weiß genau, was du jetzt denkst.«

»Ach, ja?«

»Ja. Verdammt, die haben mich wirklich mit einem Schwarzen zusammengelegt, das denkst du!«

»Eigentlich denke ich, dass du der größte Afrikaner bist, den ich je gesehen habe«, erwiderte Volkmann ehrlich.

Sein Stubenkamerad war weit über zwei Meter groß und erschreckend muskulös; er wirkte mehr wie ein Gewichtheber denn wie ein Läufer. Sein vor Schweiß glänzender Schädel war vollständig rasiert, aber um Mund und Kinn zog sich ein sorgfältig gestutzter Bart.

»Na, du bist zwar nicht der größte weiße Junge, den ich je gesehen habe, aber ein Zwerg bist du auch nicht gerade«, sagte der Mali und streckte seine riesige Pranke aus. »Sergent-chef Yoro Keita.«

»Feldwebel Michael Volkmann«, stellte sich der Deutsche vor und griff zu.

Einige Sekunden lang spannten sich die Muskeln beider Männer an, wobei sie einander abschätzend taxierten. Auftritt zweier Alphamännchen.

Leicht überrascht stellte Keita fest, dass er die Hand des Deutschen nicht so einfach zusammendrücken konnte, und ließ schließlich los.

»Du bist stärker, als du aussiehst, weißer Junge.«

»Das sagen viele.« Volkmann grinste. »Ziehst du mit jedem Neuankömmling diese Nummer ab, Sergent-chef Keita?«

»Oui.« Keita lächelte breit. »Dein Vorgänger hat nicht bestanden. Der hat sich unentwegt bei mir dafür entschuldigt, dass er mein Volk so lange ausgebeutet und unterdrückt hat. Dabei seid ihr Deutschen weder in der Kolonialzeit noch im Krieg hier in Mali gewesen. Nachdem er mich eine Stunde lang mit diesem Geschwurbel genervt hat, habe ich ihn rausgeworfen.«

Volkmann lachte auf. »Ist das mit dem rauswerfen wörtlich zu verstehen?«

»Oui, Sergent-chef Volkmann«, bestätigte Keita, ehe zwei Reihen weiße Zähne seinen Bart spalteten.

»Dann werde ich mich entgegen meiner Art zurückhalten und mich bemühen, dir nicht auf den Wecker zu fallen«, meinte Volkmann, worauf es nun an Keita war, laut aufzulachen. Der Feldwebel trat zu dem mit einem Moskitonetz geschützten Feldbett, neben dem sein Seesack stand. Rasch räumte er seine Kleidung in den Metallspind ein und stellte seine Ausrüstung sowie sein Gewehr in den zweiten Spind.

»Du hast das schon öfter gemacht«, stellte Keita fest. »Wie lange dienst du bereits in der Armee?«

»Neun Jahre.« Volkmann wischte sich den Schweiß aus den Augen. Die Temperatur im Raum war extrem hoch. Kein Wunder, dass der Mali in Unterwäsche herumlief. »Ist die Klimaanlage kaputt oder was?«

»Welche Klimaanlage bitte?«

Volkmann entdeckte den Schalter für die Klimaanlage unter dem für das Licht und betätigte ihn. Zu seiner Erleichterung strömte nach einigen Augenblicken tatsächlich ein Schwall kühle und relativ trockene Luft aus den Lüftungslamellen. Dieser Luxus wurde allerdings mit einem permanenten Dröhnen erkauft.

»Ich dachte, das wäre ein zweiter Lichtschalter«, brummte Keita und genoss den kühlen Luftzug.

Volkmann drehte sich um und zog das nasse, am Körper klebende T-Shirt aus. Als er ein anderes Shirt aus dem Schrank hervorkramte, sah Keita die Narben an Brust und Bauch des Deutschen.

»Was ist dir denn da passiert, weißer Junge?«

»Ich spazierte in einen laufenden Ventilator«, erwiderte Volkmann leichthin, während er das frische T-Shirt überstreifte.

»Ja, genau so sieht das auch aus!«, brummte Keita. Der hünenhafte Mali betrachtete den Deutschen nachdenklich und mit schräggelegtem Kopf. »Ich denke, wir werden gut miteinander auskommen, weißer Junge.«

»Na, das freut mich aber, Sergent-chef.«

Keita ging zum Kühlschrank, entnahm ihm zwei Dosen mit einem Fitnessgetränk und reichte eine davon an Volkmann weiter. Die beiden Männer öffneten die Dosen und stießen an.

»Willkommen in Mali, weißer Junge.«

*

Nachdem er Volkmanns Narben gesehen hatte, bestand Keita auf eine ausführliche Erklärung und erhielt diese auch. Im Gegenzug erfuhr der Feldwebel, dass der hünenhafte Sergent-chef nicht nur verheiratet war und drei Kinder hatte, sondern dass seine Familie auch der katholischen Kirche angehörte. Die beiden Soldaten unterhielten sich bis spät in die Nacht hinein und stellten dabei fest, dass sie tatsächlich gut miteinander auskamen.

Die wenigen Stunden bis zum Aufstehen vergingen wie immer viel zu schnell.

»Wach auf, weißer Junge!«, dröhnte Keita fröhlich.

Volkmann rieb sich die noch vom Schlaf verklebten Augen.

»Was ist denn los, Keita?«

»Wie wäre es, wenn unsere Teams gemeinsam einen kleinen Morgenlauf absolvieren?«

Der Sergent-chef betrachtete den Deutschen herausfordernd und Volkmann schloss daraus, dass die Testphase des Mails immer noch nicht ganz abgeschlossen war.

»Gute Idee, Keita. Warte kurz, bis ich mich angezogen habe.« Volkmann schlüpfte rasch in seine Uniform. »Wer führt die Jungs heute Morgen an?«

»Wie regelt Ihr das für gewöhnlich?«, fragte Keita neugierig.

»Na, wie echte Männer natürlich!« Volkmann grinste. »Kennst du Stein, Schere, Papier?«

Der Mali brach in brausendes Gelächter aus, nickte dann aber zustimmend. Sie hoben ihre Fäuste dreimal. Volkmann zeigte Papier, Keita Schere.

»Tja, so kann´s gehen«, kommentierte der Deutsche seine Niederlage.

Die beiden Unteroffiziere trommelten ihre zehn Kameraden aus den anliegenden Wohncontainern zusammen. Diese hatten sich am vergangenen Abend alle mehr oder weniger zusammengerauft. Offenbar hatte derjenige, der für die Stubenbelegung verantwortlich war, tatsächlich etwas richtig gemacht. Nun ja, Wunder gab es immer wieder, wie bereits Katja Ebstein sang.

Der Ehrlichkeit halber musste sich Feldwebel Volkmann jedoch eingestehen, dass seine fünf Kameraden beim Antreten sehr viel angeschlagener wirkten als die Soldaten von Sergent-chef Keita. Besonders

Jewgeni machte den Eindruck, als würde er am liebsten die Innenseite seiner Augenlider betrachten statt des Camps in den Schattierungen der weichenden Dunkelheit.

»Guten Morgen, Kameraden!«, rief Volkmann.

»Guten Morgen, Herr Feldwebel!«, hallte es weit leiser zurück als üblich.

»Dies ist Sergent-chef Keita, der Gruppenführer unsere Kameraden von den Spezialkräften der malischen Armee«, stellte Volkmann den zwei-Meter-Mann vor.

»Und dieser weiße Junge hier«, sagte Keita mit breitem Grinsen, »ist Sergent-chef Volkmann von der Bundeswehr, der diese traurigen Gestalten da vorne am Hals hat.«

Seine fünf Männer lachten und auch bei den Deutschen gab es das eine oder andere Grinsen.

»Soweit noch nicht bekannt«, übernahm Volkmann wieder, »sind dies Jewgeni, Stitch, Piet, Matze und Tom.«

»Und hier haben wir Adama, Salif, Modibo, Oumar und Jean«, stellte Keita vor.

Die zehn Männer musterten sich abschätzend. Alle trugen nur Stiefel, Tarnhose und T-Shirt. Die Malis waren alle kleiner als ihr Sergent-chef und bei Weitem nicht so muskulös, wirkten jedoch ebenfalls drahtig und durchtrainiert. Die Mienen strahlten Zuversicht und Entschlossenheit aus. Sie schienen dem Typ Mensch anzugehören, der bei den Spezialkräften genau richtig aufgehoben war.

»Dann fangen wir mal an!«, kommandierte Keita.

Sie begannen mit einigen Liegestützen, die allen leichtfielen, auch wenn die ersten Schweißtropfen aus den Gesichtern der Deutschen perlten. Das Thermometer zeigte bereits über 23 Grad an, obwohl es erst halb sechs am Morgen war.

»Gruppe, links um! Im Laufschritt, mir folgen!«

Keita legte ein strammes Tempo vor, während er die Gruppe zwischen den endlosen Containerreihen entlangtraben ließ. Der Malier entschied, es nicht zu übertreiben, und beließ es für den Anfang bei einem Drei-Kilometer-Lauf durch das Camp. Die Deutschen, die das Laufen durchaus gewohnt waren, schnappten bereits nach dem ersten Kilometer nach Luft. Keita führte sie am Motorpool vorbei, wo die Fahrzeuge gewartet und auf den nächsten Einsatz vorbereitet wurden. Danach ging es am Flugfeld entlang. Dort stiegen bereits zahlreiche Maschinen und Hubschrauber zu ihren ersten Einsätzen des Tages auf. Der Schießstand war noch leer, da bog Keita links ab, führte die hechelnde Gruppe wieder in Richtung der Wohncontainer.

»Aufstellung nehmen!«, rief der Sergent-chef, als sie am Startpunkt eintrafen. »Rührt euch! Na, so schlimm was das gar nicht, oder?«

Die Gruppe war verschwitzt, die nassen T-Shirts klebten ihnen am Leib und die Beine fühlten sich an wie weichgekochte Spagetti. Der einzige Trost für die Deutschen war, dass es den malischen Kameraden nicht besser erging als ihnen.

»Na schön.« Keita grinste breit und präsentierte den anderen Männern zwei Reihen strahlend weiße Zähne. »Die Hitze macht einen völlig fertig. Vergesst nicht, die Sahara befindet sich nur wenige Kilometer nördlich von hier. Aber man gewöhnt sich mit der Zeit daran.«

Quatsch mit Soße, dachten die Deutschen so beziehungsweise sinngemäß. Allerdings wussten sie, dass der Sergent-chef Recht hatte.

»Wir fangen jetzt ganz gemütlich an. Ihr habt eine Stunde Zeit, um euch zu erholen und etwas zu frühstücken. Schlagt euch den Wanst jedoch nicht zu voll, heute Vormittag wollen wir auf den Schießstand. Um acht treten wir hier zur Waffenausbildung an. Wegtreten.«

Die Gruppe zerstreute sich.

Keita und Volkmann betraten ihren Container.

»Ach, Scheiße, und ich dachte, ich wäre fit«, stieß der deutsche Feldwebel keuchend hervor und rieb sich die brennenden Beinmuskeln.

»Wie gesagt, das ist die Hitze.« Keita reichte ihm eine Wasserflasche, die der Deutsche sofort öffnete. Volkmann setzte die Flasche an, behielt das Wasser jedoch einige Sekunden lang im Mund, bevor er es herunterschluckte.

»Ich habe zehn T-Shirts eingepackt«, brummte Volkmann, während er das klebende Kleidungsstück auszog. »Aber wenn das so weitergeht, reichen die nur für zwei Tage.«

»Such dir eine Frau, weißer Junge!«, riet ihm Keita und lachte, während er die Hände ausbreitete. »Sie wäscht für dich, kocht für dich und bietet dir auch sonst einige Vorteile!«

Volkmann erstarrte für eine Sekunde, was Keita keineswegs entging. Der Deutsche setzte sich wieder in Bewegung, aber sein Gesicht verdunkelte sich vor Trauer.

»Kein gutes Thema, was?«, fragte der Malier.

»Wir wollten heiraten, aber sie ist vorher gestorben.«

»Tut mir leid, mein Freund«, sagte Keita betroffen.

»Ist schon gut. Es ist jetzt über zwei Jahre her«, sagte Volkmann mit einem traurigen Lächeln.

Der Malier sah jedoch, dass es keinesfalls gut war.

Der Schießplatz war großflächig angelegt, damit die Soldaten der UN-Mission in Camp Castor ihre Waffenübungen durchführen konnten. Rote Flaggen warnten vor dem Einsatz von scharfer Munition. Bis auf eine Gruppe von Männern, die aus verschiedenen afrikanischen Staaten stammten, waren die Malier und Deutschen um Keita und Volkmann jedoch allein. Sie trugen nun Tarnuniform, hatten jeweils einen Tropenhut auf dem Kopf und eine Sonnenbrille auf der Nase, um die Augen vor dem grellen Tageslicht zu schützen.

Eine große Auswahl an Waffen war auf den Tischen bereitgelegt worden. Bei den malischen Soldaten dominierten verschiedene Varianten der Kalaschnikow, Modelle aus sowjetischer, chinesischer und jugoslawischer Produktion, ferner RPK- und PKM-Maschinengewehre das Inventar. Dazu kamen Tokarew-Pistolen und alte französische Maschinenpistolen MAT-49.

Die Bundeswehrsoldaten verfügten natürlich über Waffen aus heimischer deutscher Produktion: verschiedene Modelle des G36, leichte Maschinengewehre MG4, Pistolen P8 und kompakte MP7-Maschinenpistolen.

»Achtung!«, rief eine laute Stimme.

Die Soldaten, die seit 15 Minuten an den Tischen diverse Magazine mit Patronen füllten, fuhren herum und nahmen Haltung an.

Ein malischer Capitaine, der einen weiteren Sergent-chef bei sich hatte, sowie Leutnant Yilmaz, dem wiederum ein Hauptfeldwebel folgte, näherten sich der gemischten Gruppe.

»Bonjour, Männer!«, rief der malische Hauptmann.

»Bonjour, mon Capitaine!«, schallte es zurück.

»Rührt euch, Männer. Wie ich sehe, arbeiten Sie bereits zusammen. Das ist gut, sehr gut.« Der Capitaine lächelte. Er war von hellerer Hautfarbe als die anderen malischen Soldaten der Gruppe. Sein Gesicht wies einen arabischen Einschlag auf. Er war groß, sportlich und wirkte auf den ersten Blick sympathisch.

»Für diejenigen, die mich noch nicht kennen: Ich bin Capitaine Seydou Bamba, der Zugführer der malischen Spezialkräfte«, stellte er sich vor. »Dies ist Lieutenant Mehmet Yilmaz, der Zugführer unserer deutschen Kameraden.«

»Guten Morgen«, grüßte Yilmaz.

»Guten Morgen, Herr Leutnant!«

»Sergent-chef Keita, wir würden gerne bei der Waffenausbildung zusehen«, informierte Bamba seinen Gruppenführer.

»Es wäre uns eine Ehre, mon Capitaine«, erwiderte Keita und wies einladend auf die Tische mit den Waffen und der Munition.

Der deutsche Hauptfeldwebel bewegte sich indessen auf Volkmann zu.

»Sieh mal an, wen der Wüstenwind herbeigeweht hat«, sagte er und richtete den Blick seiner dunklen Sonnenbrille auf den Feldwebel.

Volkmann fühlte sich erkennbar unbehaglich und sein Unterkiefer schob sich angespannt vor.

»Ich wusste nicht, dass du auch hier bist«, brachte er schließlich hervor.

»Sonst hast du nichts zu sagen?« Der Hauptfeldwebel nahm die Sonnenbrille ab. Seine braunen Augen musterten Volkmann eingehend. »Verdammt noch mal, Michael! Wir haben uns alle Sorgen um dich gemacht! Du hast auf keinen Anruf reagiert, auf keine Mail, gar nichts!«

Volkmann schien unter den Worten des Hauptfeldwebels sichtbar zusammenzuschrumpfen.

»Ich habe es einfach nicht mehr ausgehalten«, sagte er schließlich mit belegter Stimme. »Jeder hatte Mitleid mit mir und hat versucht, mich zu trösten. Ich wollte nur noch weg von alldem.«

»Und da haust du einfach ab, ohne ein Wort zu sagen, was?« Markus Neubert schüttelte den Kopf. »Du warst schon immer ein sturer, verschlossener Eigenbrötler, aber damit hast du dich selbst übertroffen, du blöder Arsch. Verschwindest für fast zwei Jahre auf Auslandsmissionen, ohne deinen Freunden vorher auch nur ein Wort zu sagen!«

Volkmann rang sich zu einem schwachen Lächeln durch. »Würde es dir helfen, wenn ich dir sage, dass es mir leid tut?«

»Ja, das würde helfen, du dämlicher Schwanzlurch!«

Und damit trat Neubert noch einen Schritt näher an seinen alten Freund heran und umarmte ihn.

»Blöder Kerl, machst einfach so die Biege. Du bist wirklich unglaublich«, meinte Neubert, aber seiner Stimmelage war anzumerken, wie sehr ihm das Wiedersehen naheging.

Volkmann war froh über die Sonnenbrille, damit niemand sah, dass seine Augen feucht geworden waren.

»Lass mich mal wieder los, Markus. Die gucken alle schon so komisch.«

Neubert lachte auf, gab den jüngeren Mann aber frei.

»Du Blödmann! Hast du überhaupt eine Vorstellung davon, wie sehr mir Sabine in den Ohren gelegen hat, damit ich herausfinde, wo du abgeblieben bist?«

»Entschuldigung, Spieß.«

Verlegen sahen sie sich an.

Leutnant Yilmaz hatte die Szene mit Interesse verfolgt.

»Sie kennen einander wohl schon.«

»Jawohl, Herr Leutnant«, bestätigte Neubert. »Wir waren zusammen dreimal in Afghanistan und sind auch privat befreundet.«

»Nun, wenn Sie dann fertig sind …«

»Natürlich, Herr Leutnant.«

Neubert boxte Volkmann gegen den Arm; es war nicht besonders sanft, aber der Feldwebel zeigte außer einem dünnen Lächeln keine Reaktion darauf.

»Darf ich vorschlagen, zunächst Feldwebel Volkmann schießen zu lassen? Er ist ein Experte mit allen möglichen Feuerwaffen und war schon in seiner Jugend im Schützenverein«, sagte Neubert zu den Offizieren.

»Nur zu, Sergent-chef Volkmann«, forderte ihn Bamba auf.

»Jawohl, mon Capitaine«, antwortete Volkmann und warf dem grinsenden Hauptfeldwebel einen vernichtenden Blick zu. Er hängte sich Ohrschützer um den Hals, schulterte sein G36K und steckte zwei Magazine mit je dreißig Schuss in seine Kampfweste.

Keita winkte dem belgischen Offizier, der die Aufsicht führte, während Volkmann an die Feuerlinie trat. Der Feldwebel setzte sich die Ohrschützer auf, zog ein Magazin aus der Weste und steckte es in den Magazinschacht, wo es mit einem vernehmbaren Klicken einrastete. Dann zog er den Spannhebel zurück und beförderte die erste Patrone aus dem Magazin ins Patronenlager.

»Klar zum Feuern«, meldete er mit lauter Stimme.

»Feuererlaubnis erteilt!«

Volkmann zog das Gewehr an die Schulter und stellte den Sicherungshebel mit dem Daumen auf »Einzelfeuer«. Sein Kopf senkte sich automatisch in die richtige Stellung, um durch das Visier schauen zu können. Er gab den ersten Schuss ab und das Gewehr schlug relativ weich gegen seine Schulter. Die 5,56 x 45-Millimeter-Kugel fuhr mitten durch den Kopf des menschlichen Umrisses auf der Zielscheibe der 100-Meter-Range. Er gab zwei weitere Schüsse ab, traf erneut und feuerte dann fünfmal in rascher Folge. Die wiederholten Schüsse schienen seine Zielgenauigkeit nicht zu beeinträchtigen, denn alle acht Treffer lagen in einer schön dichten Gruppe; die Scheibe hatte nun ein Loch in der Nase, für das man drei oder vier Finger bräuchte, um es abzudecken.

Nun legte Volkmann den Sicherungshebel auf die Position »Feuerstoß« um.

Die Serien aus jeweils drei Geschossen fuhren in die Herzgegend des Ziels, nun zwar etwas breiter gestreut, aber dennoch wäre jeder einzelne Treffer tödlich gewesen. Dauerfeuer nutzte Volkmann nicht; das wäre ohnehin nur Munitionsverschwendung gewesen. Bei der Infanterie war Munition etwas, das man mitschleppen musste, da ballerte man nicht wild in der Gegend herum. Er verschoss den Rest des Magazins auf das Ziel und wurde mit Treffern belohnt, die alle genau dort saßen, wo er sie haben wollte. In der Brust der menschlichen Silhouette klaffte nun ein Loch, das man mit einer Faust abdecken müsste. Er hob den Kopf vom Visier, sicherte, zog das leere Magazin aus dem Schacht und führte eine Sicherheitsüberprüfung durch, ehe er von der Feuerlinie zurücktrat.

»Nicht übel, Sergent-chef«, bemerkte Bamba mit einem Fernglas an den Augen. »Sogar hervorragend, will ich meinen. Und dabei kam mir zu Ohren, dass das deutsche G36 bei Hitze so unpräzise sein soll.«

»Nun, das kommt auch auf den Schützen an«, meinte Leutnant Yilmaz diplomatisch. Er hielt es nicht für angebracht, den künstlich aufgebauschten Skandal erneut durchzukauen.

Der Streit um die Genauigkeit des G36 dauerte nun schon mehrere Jahre an. Im April des Jahres 2012 hatte das Nachrichtenmagazin Der Spiegel berichtet, dass die Standardwaffe der Bundeswehr nach mehreren hundert Schuss zu heiß und dadurch ungenau werde. Andere Medien griffen den Bericht auf und schon war der nächste Skandal um die Bundeswehr geboren. Seitdem war viel darüber geschrieben und berichtet worden, wie schlecht die Waffe doch sei, wie ungenau bei hohen Temperaturen, Störanfällig und überhaupt nutzlos. Verteidigungsministerin Ursula von der Leyen ordnete daraufhin einen Beschaffungsstopp für das G36 an und befahl die Suche nach einem Nachfolgemodell. Ein kompletter Austausch der etwa 170.000

Exemplare im Bestand der Bundeswehr würde vermutlich mehr als zehn Jahre in Anspruch nehmen, aber dafür musste zunächst einmal ein Nachfolger ausgewählt werden. Die im Einsatz stehenden Soldaten, welche die Waffe bereits in Afghanistan genutzt hatten, konnten diese Mängel nur dann bestätigen, wenn dünne Läufe verwendet wurden. Bei den G36 mit dickeren Läufen hingegen lobten sie die Präzision und die leichte Handhabung. Und auch andere Nationen ließen sich von den deutschen Medienberichten nicht abschrecken, sondern beschafften das G36 für ihre eigenen Streitkräfte oder stellten es in Lizenz her. Aber solche Kleinigkeiten kümmerten die Politik natürlich wenig. Als Frau von der Leyen – immer getrieben von den Medien – 2015 vor Gericht zog und Schadenersatz von Heckler & Koch verlangte, erlitt sie eine krachende Niederlage. Die Richter hatten keinerlei Vertragsbruch von Seiten des Herstellers feststellen können, das G36 war so geliefert worden wie bestellt. Das Ansehen der Verteidigungsministerin hatte durch diese übereilte Aktion jedoch enormen Schaden genommen.

Wie auch immer, die übrigen Soldaten der gemischten Truppe waren in unterschiedlichen Graden von den Schießkünsten des Feldwebels beeindruckt.

Nun trat die erste Gruppe, bestehend aus Jewgeni, Stitch, Adama und Jean, an die Feuerlinie. Die Deutschen hatten ihre G36, die Malis nutzten chinesische Sturmgewehre vom Typ 56, eine Version der bekannten AK-47, die Fachkundige sofort an dem festmontierten Klappbajonett unter dem Lauf identifizieren konnten. Jeder der Schützen hatte seine persönliche Waffe nach ganz individuellen Anforderungen abgeändert. Langsam und präzise verschoss jeder der vier Männer ein Magazin auf die Pappkameraden. Das Ergebnis konnte man ein Unentschieden nennen.

»Vielleicht sollte sich Feldwebel Volkmann auch mal an einem ihrer Gewehre versuchen«, merkte Hauptfeldwebel Neubert mit einem hinterlistigen Lächeln an.

»Eine gute Idee. Machen Sie nur, Sergent-chef.«

Volkmanns sengender Blick hätte Neubert eigentlich sofort in Brand setzen müssen, aber der Spieß grinste nur weiter fröhlich vor sich hin. Der Feldwebel entschied, seinem alten Freund diese kleine Retourkutsche zu gönnen, und trat neben Jean an die Feuerlinie.

»Darf ich mir Ihre Waffe ausleihen, Caporal?«, fragte er.

»Natürlich, Sergent-chef.«

Volkmann nahm das Typ 56 an sich. Jean hatte die Waffe unter dem Lauf mit einem zusätzlichen Handgriff und einem ACOG-Visier mit 3,4-facher Vergrößerung ausgestattet.

»Ein Magazin, bitte, Caporal«, sagte der Feldwebel zu Jean, der ihm eines der für diese Waffe typischen gekrümmten Magazine, befüllt mit 30 Patronen, reichte.

Volkmann lud das Sturmgewehr, hob es an die Schulter, blickte durch das Visier und gab drei Schüsse ab. Die 7,62x39-Millimeter-Projektile stanzten Löcher in den Bereich um die Nase – die Waffe verfügte über einen optimalen Haltepunkt. Im schnellen Einzelfeuer leerte er den Rest des Magazins, fräste somit ein faustgroßes Loch in den Kopf der Silhouette. Nachdem er die Waffe überprüft und gesichert hatte, reichte er sie zurück an Jean.

»Merci, Caporal.«

Volkmann trat zurück und ignorierte die bewundernden Blicke der anderen Kameraden. Er lehnte sich gegen einen Tisch, während die nächsten vier Schützen vortraten.

Ein helles Stakkato an Schüssen weckte Volkmanns Neugierde und er drehte sich nach rechts um. Er erblickte einen weiblichen Oberfeldwebel, von Tropenhut, Ohrenschützern und Sonnenbrille mehr oder weniger gut maskiert, die an der Feuerlinie stand. Mit einer der kompakten MP7-Maschinenpistolen feuerte sie auf Ziele auf der 50-Meter-Range. Er ging die wenigen Meter zu ihr hinüber und sah zu, wie sie eine Reihe von Löchern in Brust und Bauch einer Scheibe schoss.

Als das Magazin geleert war, entlud sie die Waffe und trat zurück. Dabei entdeckte sie ihn.

»Oh, Feldwebel, ich habe Sie gar nicht … ach du lieber Himmel, Sie sind das«, stieß sie hervor und nahm die Sonnenbrille ab.

Jetzt erst erkannte Volkmann in ihr Oberfeldwebel Kristina Wolff wieder, die er im Transportflugzeug kennengelernt hatte.

»Oberfeldwebel Wolff.«

Sie starrte ihn an. »Ich habe Ihnen noch gar nicht dafür gedankt, dass Sie mir auf dem Flugplatz das Leben gerettet haben. Also: vielen Dank.«

Sie reichte ihm die Hand.

»Gern geschehen«, erwiderte er etwas verlegen und betrachtete sie eingehend. Er konnte auch nicht umhin, die sanfte Rundung ihrer Brüste unter der Feldbluse zu bemerken. Mit Gewalt riss er seine Aufmerksamkeit von diesem Anblick los und schaute in ihr Antlitz, was sich ebenfalls als Fehler erwies, denn ihre grünen Augen strahlten ihn geradezu an.

»Haben Sie Probleme mit Ihrer Waffe?«, wechselte er dezent das Thema.

»Ich habe die MP gestern erhalten und wollte sie nun ausprobieren, aber ich komme damit nicht so gut zurecht, wie ich es sollte«, erwiderte Kristina und reichte ihm die entladene Waffe. Ein wenig verschämt fügte sie hinzu: »Und seit der Grundausbildung habe ich damit nicht mehr geschossen.«

Volkmann runzelte die Stirn und nahm die MP7 genauer in Augenschein. Die handliche Waffe verschoss Kugeln im Kaliber 4,6x30-Millimeter. Dieses Exemplar wies praktisch noch gar keine Gebrauchsspuren auf, war sozusagen fabrikneu. Rasch zerlegte er die kleine Maschinenpistole in ihre Einzelteile und widmete sich als erstes dem Schloss. Er säuberte jedes einzelne Bauteil und ölte es so flink ein, dass Kristina den einzelnen Bewegungen kaum noch folgen konnte. Mit geschickten Handgriffen setzte der Feldwebel die Waffe dann wieder zusammen und führte eine ebenso rasche wie gründliche Funktionsüberprüfung durch.

»Könnten Sie mir das bitte noch einmal zeigen?«, fragte Kristina beeindruckt. »Das war ein wenig zu schnell für mich.«

»Aber sicher.«

Kristina sah ihm aufmerksam zu, wie er die MP7 langsam und mit vielen Erklärungen wieder zerlegte und sie dann ebenso sorgfältig zusammensetzte. Als die Waffe funktionsfähig vor ihr auf dem Tisch lag, versuchte sie sich selbst daran. Er half ihr und berührte dabei einmal ihre Hände. Sie zuckten beide zurück, lächelten sich verlegen an und machten dann weiter. Nachdem Kristina den Vorgang fünfmal wiederholt hatte, kam sie sehr gut alleine zurecht.

»Danke sehr, Feldwebel.«

»Kein Problem. Versuchen Sie sich noch Mal an der Scheibe.«

Er trat neben sie an die Feuerlinie zur 50-Meter-Range und sah ihr aufmerksam zu, wie sie ein Magazin mit 20 Patronen einschob und dann drei Schüsse auf den Pappkameraden abgab. Das linke Ohr des Ziels wurde zerfetzt.

»Sie ziehen zu stark am Abzug«, merkte er an. »Deshalb verreißen Sie, wenn Sie abdrücken.«

»Und was mache ich dagegen?«

»Den Abzug langsam durchziehen, ganz sachte. Und das Einatmen nicht vergessen.«

Kristina feuerte erneut. Diesmal lagen die Treffer zwar besser, aber immer noch am Rand der Scheibe.

»Immer noch zu fest«, diagnostizierte er und stellte sich dicht neben sie. »Wenn ich es Ihnen kurz zeigen darf …?«

»Sicher«, sagte sie und spürte, wie er sich hinter sie schob. Er legte seine Hand an ihre, stützte die MP mit der anderen und führte ihren Finger dann ganz langsam nach hinten. Sie fühlte seinen Atem im Nacken. Der Knall des brechenden Schusses überraschte sie dieses Mal selbst, obwohl sie den Finger am Abzug hatte.

»Sehen Sie, es geht doch«, meinte er und deutete auf die Scheibe. Der Treffer lag unter dem linken Auge.

Er entfernte sich wieder von ihr und deutete mit dem Kinn auf das Ziel. »Versuchen Sie es jetzt selbst.«

Kristina zwang ihre Konzentration zurück auf die Waffe und das Ziel. Einatmen, zielen und …

Der Schuss knallte und die Kugel riss ein Loch ins linke Auge des Pappkameraden.

»Wie war das?«, fragte sie stolz.

»So lala«, brummte Volkmann. »Versuchen Sie, den Rest des Magazins in den Kopf zu setzen.«

Das weckte ihren Ehrgeiz. Konzentriert feuerte sie die restlichen Schüsse in ihrem Magazin ab.

»Na?« Zufrieden senkte Kristina die rauchende MP. »Wie war das jetzt?«

»Nicht gut und nicht schlecht. Es geht so, würde ich sagen.«

»Wieso, die Kugeln sind alle im Ziel eingeschlagen«, protestierte sie.

»Aber erst Ihr vierter Treffer wäre tödlich gewesen. Da kann es schon zu spät sein.«

Seine rechte Hand zuckte zum Oberschenkel hinab, riss die P8 aus dem Holster, brachte sie nach oben in Anschlag. Blitzschnell gab er vier Schüsse ab.

Sprachlos starrte Kristina auf die Treffer zwischen den Augen des Pappkameraden. Alle vier Löcher hätte sie mit drei Fingern verdecken müssen. Sie richtete einen vorwurfsvollen Blick auf den Feldwebel.

»Hat man Ihnen nicht beigebracht, dass ein Gentleman eine Dame immer gewinnen lassen sollte?«

Volkmann steckte die wieder gesicherte Pistole ins Holster zurück.

»Und mir dann Schwierigkeiten einhandeln, weil ich Sie diskriminiert habe?«, wollte er feixend wissen.

Sein Lächeln gefiel ihr und so erwiderte Kristina es.

»Aber für mein Selbstbewusstsein würde es wahre Wunder wirken.«

»Ich sagte ja, es geht so. Sie sollten regelmäßig üben, dann wird sich Ihre Treffsicherheit erheblich verbessern.«

»Würden Sie mit mir üben?«, fragte sie und sah ihm direkt in die Augen.

»Wenn Sie es möchten, gerne.«

»Danke, Feldwebel.«

Bourem, Mali, einige Tage später

Die am Nordufer des Flusses Niger liegende Stadt Bourem beherbergte rund 28.000 Einwohner und lag nur etwa 100 Kilometer nördlich von Gao. Wichtig war sie durch ihre strategische Lage an der Tanezrouftpiste, einer

Nord-Süd-Route für Fahrzeuge durch das weitgehend ebene und unbewohnte Gebiet der Zentralsahara. Diese Piste verband Reggane in Algerien mit Gao in Mali und verlief über mehr als 1.300 Kilometer durch die Tanezrouft-Wüste. Schon seit dem Mittelalter wurde diese Route von Kamelkarawanen für den Transsaharahandel bereist. Heute nutzten die Tuareg sie für ihren Drogen- und Waffenhandel. Ein großer Teil des aus Kolumbien stammenden und für Europa bestimmten Kokains – insgesamt immerhin mehr als 320 Tonnen pro Jahr und somit ebenso viel, wie jährlich die USA erreichte – wurde per Schiff oder Flugzeug von der Ostküste Brasiliens nach Westafrika geschmuggelt. Ziel war immer einer der gescheiterten Staaten Westafrikas wie etwa Guinea-Bissau, eine ehemalige französische Kolonie und eines der am geringsten entwickelten Länder der Welt. Dort war die Entfernung zwischen den beiden Kontinenten am geringsten, was den Schmugglern natürlich in die Karten spielte. Von Guinea-Bissau aus wurde das Kokain dann weitertransportiert, durchquerte zum Beispiel per Lkw die Sahara und gelangte irgendwann ans Mittelmeer. Auf seinem Weg begegnete es manchmal sogar Grenzbeamten, deren offene Hände von den Schmugglern stets mit großen Geldscheinen gefüllt wurden. Von der Mittelmeerküste aus war es schlussendlich nur noch ein Katzensprung rüber zu den Abnehmern – den großen Kokainbanden, die den Handel in Europa beherrschten. Gerüchteweise versuchten sich die Tuareg neuerdings auch im Menschenhandel, um ihren Kampf gegen die malische Regierung zu finanzieren. Aus diesem Grund hatte man in Bamako entschieden, in Bourem eine örtliche Miliz auszuheben. Diese sollte die Stadt vor Angriffen der Tuareg beschützen.

Caporal Soumalia Diarra gähnte herzhaft und kämpfte gegen die Müdigkeit an. Er stand zusammen mit drei Mannschaftsdienstgraden bereits seit Mittag an der Straßensperre, von der aus sie die aus Norden kommende Tanezrouftpiste überwachten. Diarra und seine Männer freuten sich auf ihre Betten, denn der kleine Uhrzeiger quälte sich der 9 entgegen. Vorausgesetzt natürlich, es tauchte auch jemand auf, der sie ablöste. In der Milizgarnison von Bourem war man in diesen Dingen ein wenig nachlässig, obwohl die Kämpfe mit den Tuareg immer heftiger wurden.

Missmutig begann Diarra wieder auf und ab zu gehen. Er zog dabei den Trageriemen seiner 9x19-Millimeter-Maschinenpistole MAT-49 gerade. Als bekanntgegeben worden war, dass eine örtliche Miliz gegründet werden solle, hatte sich der siebzehnjährige Diarra sofort freiwillig gemeldet. Der Dienst in der Miliz musste einfach besser sein, als ständig im Laden seines Onkels den Fußboden zu fegen und die Regale aufzufüllen. Mit dem Laden war es seit Beginn der Kämpfe sowieso immer weiter bergab gegangen, inzwischen hatte sein Onkel sogar schließen müssen. Ohne Waren, die nach Bourem gelangten, gab es auch keinen Handel mehr.

Sein Vater war über die Pläne seines einzigen Sohnes absolut nicht begeistert. Der alte Mann wollte nicht einsehen, dass sein Sohn nun erwachsen war. Ein heftiger Streit war die Folge. Zum ersten Mal stritten sie nicht wie Vater und Sohn miteinander, sondern wie zwei gleichgestellte Männer. Seither hatten sie nicht mehr miteinander gesprochen. Zorn und Stolz standen ihnen für eine dringend notwendige Aussprache im Wege. Es lastete schwer auf Diarra, dass er das Haus seines Vaters im Streit verlassen hatte. Selbst seine Mutter konnte nicht zwischen den beiden sturen Männern vermitteln.

Und so stand er sich nun hier als Wachposten die Beine in den Bauch, nur ein paar Straßen von dem Haus entfernt, in dem er aufgewachsen war, und wartete darauf, dass die Kämpfe seine Heimatstadt wieder einmal erreichten.

In Zeiten wie diesen war es vielleicht gar nicht gut, dass er sich mit seinem Vater zerstritten hatte. Überall im Land tobten erbitterte Gefechte, und Anschläge standen auf der Tagesordnung. Wie konnte er es seinem Vater da übel nehmen, dass dieser sich um seinen einzigen Sohn sorgte? Vielleicht sollte er einfach seinen dummen Stolz herunterschlucken und morgen zu Hause vorbeischauen? Nachdem sie sich wie Männer gestritten hatten, konnten sie sich nicht auch wie Männer wieder vertragen und gemeinsam über alles lachen? Ja, so würde er es machen.

Im nächsten Moment erstarrte Diarra. Motorengeheul tönte aus der Dunkelheit heran. Er glaubte, im Norden mehrere Pick-ups ausmachen zu können, die aus der Wüste heranrollten.

Ein Blitzschlag durchschoss Diarra.

Die Tuareg! Sie waren da!

Der Caporal stieß einen Warnruf aus und bemühte sich, seine MAT-49 von der Schulter zu bekommen, doch der Trageriemen blieb an einer Magazintasche hängen.

Im nächsten Augenblick flackerte Mündungsfeuer vor ihm auf. Leuchtspurgeschosse rissen sofort zwei von Diarras Kameraden von den Füssen. Erschrocken starrte der Caporal die aufgesprengten Leiber an, sah all das verspritzte Blut. Hektisch brachte er die Maschinenpistole in Anschlag und drückte ab – doch kein Schuss löste sich, denn in seiner Panik hatte er vergessen, die Waffe zu entsichern.

Die Maschinengewehre der Tuareg bestrichen nun die gesamte Straßensperre und Diarra verspürte mehrere harte Schläge gegen den Oberkörper. Er sank neben seinen sterbenden oder bereits toten Kameraden zu Boden. Das Blut sprudelte nur so aus ihm heraus. Seine Sinne schwanden. Und während das Leben aus ihm wich, verspürt er eine unendliche Traurigkeit darüber, dass er sich nicht mehr mit seinem Vater versöhnen würde …

Camp Castor, Gao

Ohne, dass er es wusste, hatte Volkmann mit seiner Vorstellung auf dem Schießplatz bei den Kameraden einen starken Eindruck hinterlassen. Da es im Lager zurzeit nicht viel Neues gab, trug jeder, der die Geschichte zu hören bekam, seinen Teil dazu bei, um sie weiter aufzubauschen. So sprach sich herum, dass sich unter den Deutschen ein Schütze von Weltklasseformat befand, einer von diesen Typen, die still und unauffällig herüberkamen, aber tief im Inneren gnadenlos und gefährlich waren. Als dann einer aus der Dusche auftauchte und berichtete, dass Volkmann Narben an Brust und Bauch habe, machte schnell die Story von einer schweren Verwundung in Afghanistan die Runde. Dort habe Volkmann, so gab einer der Kameraden zum Besten, einer ganzen Horde von Aufständischen gegenübergestanden. Niemand wusste etwas Genaues, aber der Feldwebel war gesund und munter, was genug aussagte. Die Uneingeweihten hielten den Kampf für die grausamste Art der Selektion, für eine Art Super-Darwinismus, bei dem nur die Stärksten glimpflich davon kamen.

Das alles war natürlich totaler Unsinn, aber Hauptfeldwebel Neubert korrigierte die wirren Geschichten in Camp Castor nicht. Im Gegenteil, er setzte selbst weitere Gerüchte in Umlauf.

Tut, was Volkmann euch sagt, riet er unter der Hand. *Schlaft in seiner Nähe, wenn ihr euch außerhalb des Camps aufhaltet. Solltet ihr in die Scheiße geraten, dann bleibt möglichst dicht an seiner Seite.*

Das alles erzählte Neubert in vertraulichen Runden, beim zweiten oder dritten Bier. Damit gewährleistete er, dass seine Worte auch die hintersten Winkel des Lagers erreichten. In dieser Hinsicht waren Soldaten schlimmer als jede sprichwörtliche Waschfrau. Aber der Hauptfeldwebel verfolgte damit ja auch bestimmte Absichten. Ebenso war abzusehen, wann Volkmann von den ganzen Geschichten erfahren und daraus seine eigenen Schlüsse ziehen würde. So war Neubert innerlich gewappnet, als an diesem Abend die Tür zu seinem Wohncontainer aufgerissen wurde und ein wutschnaubender Michael Volkmann hereinstürmte.

»Markus, hast du etwa diese dämlichen Gerüchte über mich in die Welt gesetzt?«, stieß der aufs Höchste erregte Volkmann hervor. »Was, zum Teufel, soll der Scheiß, Mann?«

»Guten Abend, Herr Hauptfeldwebel«, sagte Neubert so trocken wie der Wüstenwind. »Würde es Ihnen etwas ausmachen, mir ein paar Minuten Ihrer Zeit zu schenken? Ich hätte da gerne etwas mit ihnen besprochen, wenn Sie erlauben. – Sagt dir dieser Gesprächsverlauf etwas, Michael?«

»Leck mich, Markus!«, schnaufte Volkmann ärgerlich. Doch er fing sich wieder, sein Ärger begann zu verfliegen und so setzte er vor Sarkasmus triefend hinzu: »Aber wenn du darauf bestehst, kann ich meine Fragen natürlich gerne derart gewählt formulieren, sodass damit ein Maximum deiner Zeit verschwendet wird.«

Neubert ließ ein breites Lächeln aufblitzen. »Mach die Tür zu und setz dich, Digger. Wir müssen etwas bereden.«

Volkmann pumpte die Brust auf, dann ließ er die Luft mit einem Seufzer herausströmen. Er schloss die Tür, drehte einen der Stühle zu sich herum, setzte sich und legte die Arme auf die Rückenlehne. »Na, dann schieß mal los, Herr Hauptfeldwebel.«

»Du hast ja schon mit Sternberg gesprochen und weißt, wie die Lage hier ist.« Neubert wartete das bestätigende Nicken seines Freundes ab. »Die meisten der Jungs und Mädels hier im Lager sind total unerfahren, es ist ihr erster Auslandseinsatz. Dann war da noch die Anweisung der IBuk über die Stubenbelegung, die, wann immer möglich, umzusetzen ist.«

»Ich gehe mal davon aus, dass du unsere Zimmerkameraden selbst ausgesucht hast?«

»Na klar, wer sollte es sonst gewesen sein?«, gab Neubert zurück. Es hatte viel Trickserei erfordert, Leute zusammenzulegen, die voraussichtlich miteinander auskommen würden. Leider klappte das nicht immer so gut, wie Keita bei Volkmanns Vorgänger eindrucksvoll unter Beweis gestellt hatte.

»Jedenfalls haben wir auch ständig Probleme mit den Fahrzeugen, die bei diesen Temperaturen einfach den Geist aufgeben. Dazu kommen dann die angeordneten Nachrüstungen. Die wenigen einsatzbereiten Boxer wurden deswegen stillgelegt. Schließlich müssen die beim Rückwärtsfahren jetzt Piepen wie ein Müllwagen und die Heckluken sollen für Schwangere im neunten Monat passierbar sein.«

»Hat der Inhaberin der Befehls- und Kommandogewalt schon mal jemand gesagt, dass Schwangere im neunten Monat gar nicht in Transportpanzern mitfahren dürfen? Und das sie üblicherweise zu diesem Zeitpunkt bereits im Mutterschaftsurlaub sind?«, spottete Volkmann.

»Das hat sich angesichts der Lage zuhause wohl niemand getraut«, meinte Neubert und zuckte resigniert mit den Schultern. »Wir können nur gute Miene zum bösen Spiel machen.«

Wegen dem Verdacht, dass die Bundeswehr besonders anfällig für rechte Gesinnung sei, hatte Verteidigungsministerin Ursula von der Leyen in den Medien Säuberungen innerhalb der Truppe angekündigt. Über die Gründe wollte Neubert jetzt nicht lange nachdenken, aber seiner Meinung nach hing es damit zusammen, dass im Herbst mal wieder Wahlen anstanden. Dabei war die Ministerin geradezu generalstabsmäßig vorgegangen, als gelte es, einen kurz bevorstehenden Putsch durch eine Naziarmee zu vereiteln. Ohne Vorankündigung wurden Kasernen, Stuben und Spinde von 250.000 Soldaten und Mitarbeitern in den mehr als 400 Standorten der Bundeswehr nach Andenken an die Wehrmacht und ähnlicher Militaria durchsucht. Gefunden wurden einige alte Münzen, ein paar Modelle von Panzern und Flugzeugen aus der Zeit des Zweiten Weltkriegs, einige unbrauchbar gemachte Waffen, die in einem Standort an der Wand hingen, sowie die letzte Rotkreuzfahne aus dem Weltkrieg, die in der Nacht auf den 1. Mai 1945 in Berlin geborgen worden war. Auch die Wandbilder und eine Pickelhaube aus dem Ersten Weltkrieg verschwanden. Sogar das Bild von Helmut Schmidt in Wehrmachtsuniform hatte von der Wand der nach ihm benannten Universität der Bundeswehr entfernt werden müssen. Gegenüber der Presse ließ die Ministerin das Wort »Devotionalien« fallen, was den Eindruck erweckte, als ob ein jeder der gefundenen Gegenstände ein Objekt unterwürfiger Anbetung wäre. Der un-, oder besser, desinformierten

Öffentlichkeit gegenüber konnte sie damit den Eindruck vermitteln, dass die Bundeswehr keinerlei kritische Distanz zur Wehrmacht hätte und sich täglich vor NS-Größen verneigen würde.

Die Stimmung unter den Soldaten und den zivilen Mitarbeitern der Bundeswehr war ob dieser übereilten Aktionen natürlich mehr als nur schlecht. Lebensgefährliche Einsätze in Mali oder Afghanistan zählten nichts mehr, wenn man einen Modellpanzer in der Stube stehen hatte; dann geriet man in den Augen der Ministerin und der Presse direkt unter Verdacht.

Dabei schloss der schon seit 1982 geltende Traditionserlass der Bundeswehr eindeutig jegliche Fortführung und Übertragung von Bräuchen der Wehrmacht auf die Bundeswehr aus. Mit dem Erlass wurde ein klarer Trennstrich zur Wehrmacht des NS-Staats gezogen, aber es wurde auch ein Mindestmaß an militärisch-historischer Kontinuität gewahrt. Denn ob es der Ministerin oder den Medien nun passte oder nicht, weder die Bundesrepublik noch die Bundeswehr waren einfach so vom Himmel gefallen und auch nicht von Klosterschülerinnen ersonnen worden. Bei der Gründung der Bundeswehr musste man auf das Personal zurückgreifen, das verfügbar war, und das hatte seine Erfahrungen natürlich im Weltkrieg gesammelt. Die neuen Rekruten profitierten damals von dieser enormen Erfahrung, konnten also realitätsnah ausgebildet werden. Dennoch stand die Bundeswehr vom ersten Tag ihres Bestehens an auf eigenen Füßen. All das hätte Ursula von der Leyen wissen können, wenn sie sich nur einmal Rat bei ihren Untergebenen geholt hätte. Aber jetzt, wo praktisch die gesamte Bundeswehr sozusagen unter Generalverdacht stand, wagte auch unter den höheren Dienstrangen niemand mehr, eine kritische Bemerkung zu machen oder die Verteidigungsministerin auf Fehler hinzuweisen. Wer dennoch Widerworte gab, der wurde kurzerhand entlassen. Zuletzt hatte es einen Kommandeur der Marine erwischt, der im Hinblick auf die Kitas eine andere Meinung vertreten hatte als die IBuK.

Neubert fragte sich insgeheim, was die Verteidigungsministerin mit diesem äußert bizarren Kampf gegen die ihr unterstellten Soldaten eigentlich bezweckten wollte. Nur selten hatte sich ein Minister oder eine Ministerin in seinen Augen schlimmer blamiert als Ursula von der Leyen.

Erst, als Volkmann ein verächtliches Schnauben ausstieß, kehrte der Hauptfeldwebel aus seinen Überlegungen wieder in das Hier und Jetzt zurück.

»Ja, Sternberg hat mich schon darauf hingewiesen, dass man das fröhlichen Gehorsam nennt«, sagte der Feldwebel.

»Richtig. Deshalb konzentrieren wir uns auch darauf, in Mali den Frieden, die Freiheit und die gute Laune zu schützen.«

»Von den drittgrößten Goldvorkommen in ganz Afrika mal abgesehen«, merkte Volkmann zynisch an. »Und ganz zu schweigen von Bodenschätzen wie Phosphor, Bauxit und Uran.«

Neubert kommentierte das lieber nicht. Mali lag im Goldgürtel Westafrikas, die reinen Reserven des Landes betrugen circa 800 Tonnen. Zuzüglich etwa 5.000 Tonnen an Uran. In Mali und im Nachbarland Niger lagerten die größten Uranvorkommen des Globus. Keine Frage, damit war die Region für die führenden Nuklearnationen der Welt natürlich äußerst interessant.

»Jedenfalls brauchen die Neulinge jemanden, zu dem sie aufblicken und auf den sie sich verlassen können«, kam der Hauptfeldwebel wieder zum ursprünglichen Thema zurück. »Und ich brauche jemanden, von dem ich weiß, dass er die Nerven behält, wenn es hier zum großen Knall kommt. Jemanden, der die Neulinge da heil wieder rausbringen kann. Jemandem, dem ich vertrauen kann.«

Volkmann sagte nichts, er sah seinen Freund nur stumm an. In seinen Augen spiegelten sich jedoch viele Emotionen wider.

»Jetzt weißt du Bescheid. Kann ich also auf dich zählen, Digger?« fragte Neubert geradeheraus.

»Scheiße.« Volkmann seufzte. »Natürlich kannst du auf mich zählen, das weißt du doch.«

»Ach ja? Du wirst nicht wieder einfach so ohne ein Wort abhauen?«

Volkmann zuckte. »Das wirst du mir ewig vorhalten, stimmt´s?«

»Nun, vielleicht nicht ewig, aber einige Zeit auf jeden Fall«, gab Neubert mit einem schiefen Grinsen zurück. »Schließlich konnte ich mir deinetwegen einiges von Sabine anhören.«

»Wie geht es ihr und deiner Kleinen denn so?«, fragte Volkmann mit schuldbewusstem Gesichtsausdruck.

»Oh, den dreien geht es sehr gut«, sagte Neubert und reckte die Brust vor.

»Dreien?«

»Sabine und Sophie haben Verstärkung erhalten.« Neubert zog sein Smartphone hervor und zeigte Volkmann einige Bilder. »Das ist Jonas. Na, was meinst du?«

»Der kleine Kerl sieht genauso aus wie sein Vater«, meinte Volkmann und wartete Neuberts stolzes Lächeln ab, bevor er boshaft hinzufügte: »Leider, muss man da sagen.«

»Oh, das war gemein, Alter.«

Sie grinsten sich an. Und für einen Moment war die Welt wieder in Ordnung.

Gao, am nächsten Morgen

Die belgische Patrouille fuhr durch die Außenbezirke der Stadt. Wegen der großen Anzahl an Flüchtlingen aus dem Norden des Landes wurden die Behörden in Gao dem Chaos kaum noch Herr und hatten bei der MINUSMA um Unterstützung ersucht.

Premier sergent Phillipe Compernol saß auf dem Beifahrersitz des in Italien gebauten Iveco LMV-Mehrzweckfahrzeugs und spähte die Straße entlang. Dem Oberfeldwebel oblag die zweifelhafte Ehre, an diesem Morgen die Streife zu führen. Compernol war müde; vergangene Nacht hatte er als Unteroffizier vom Dienst die Wachen im Camp beaufsichtigt und war gleich danach zum Patrouillendienst eingeteilt worden. Auch in der belgischen Armee war das Personal dünn gesät, schließlich zählten die gesamten Streitkräfte nur knapp 29.000 aktive Soldaten und die allgemeine Wehrpflicht war bereits 1995 aufgehoben worden.

Er zuckte zusammen, als der Fahrer auf die Hupe drückte, um einige Kinder zu verscheuchen, die sich auf der Straße einen Ball zukickten und dabei herumalberten.

»Fait de la place, les enfants!«, rief der Fahrer durch das geöffnete Fenster. »Macht Platz, Kinder!«

Widerwillig verzogen sich die Kids zum Straßenrand und ließen die drei LMV passieren.

»Verdammte Rasselbande!«, schimpfte der Fahrer.

»Lass sie doch spielen.« Compernol schüttelte lächelnd den Kopf. Daheim in Lüttich warteten seine beiden eigenen Kinder und seine Frau auf ihn. »Besser Kinder als Demonstranten.«

»Stimmt schon, Chef, stimmt schon.«

Teile der Bewohner von Gao protestierten gegen die malische Regierung und die Anwesenheit der UN-Soldaten. Das diese Proteste von den Tuareg, die zusammen mit den Flüchtlingen aus dem Norden eingesickert waren, ausgingen, stand für Bamako und die MINUSMA zwar fest, sie hatten jedoch noch kein wirksames Mittel dagegen gefunden. Bilder von malischen Soldaten und UN-Blauhelmen, die Zivilisten niederknüppelten, wären ihrer Mission bestimmt nicht zuträglich. Also ließ man die Leute demonstrieren und versuchte, die Lage mit Hilfslieferungen zu beruhigen.

Plötzlich stellten sich Compernols Nackenhaare auf. Alarmiert zuckte sein Blick umher. Die vielen Menschen, die eben noch die Straße bevölkert hatten, waren mit einem Male wie vom Erdboden verschluckt.

»Achtung!«, rief der Premier sergent. »Hier ist irgendwas faul!«

Rummms!

Eine brachiale Druckwelle erfasste den LMV und schleuderte ihn auf die linke Seite. Für eine Sekunde blieb das Fahrzeug so hängen, dann neigte es sich weiter herum und landete scheppernd auf dem Dach.

Compernol hörte und fühlte, wie einige seiner Rippen mit einem dumpfen Krachen brachen und ihm den Atem raubten. Er lag verdreht auf dem Dach des LMV, unfähig sich zu rühren, und schnappte verzweifelt nach Luft. Seltsamerweise verspürte er überhaupt keine Schmerzen, er nahm nur ein dumpfes Stechen in der Brust und ein seltsames Gefühl am rechten Arm und Bein wahr, ähnlich einem Sonnenbrand. Er wusste, es waren die Auswirkungen des Schocks und der Verletzungen, die ihn vor dem wahren Ausmaß der Schmerzen abschirmten.

Undeutlich drangen Schreie zu ihm durch. Sie schienen von irgendwo weit entfernt zu kommen, möglicherweise von der anderen Seite des LMV.

Er nahm seine ganze Willenskraft zusammen, zog den linken Arm unter dem Körper hervor und stemmte sich hoch. Schmerzen schnitten wie ein Sägeblatt durch seine rechte Körperseite. Nur mit Mühe gelang es ihm, die dunklen Schleier vor seinen Augen zurückzudrängen und seinen Körper nach vorne zu zwingen.

Dann sah er den Fahrer. Der Mann lag mit unnatürlich verdrehtem Kopf auf der Seite und regte sich nicht mehr. Ein dünner Blutfaden strömte aus seinem Mund und verschwand hinter dem linken Ohr.

Die Schmerzensschreie drangen nun lauter an seine Ohren. Er blickte herum und sah die Stiefel des MG-Schützen unter der Dachkante hervorragen. Der Rest des Körpers lag außerhalb des Fahrzeugs, das nun mit seinem ganzen Gewicht auf den zertrümmerten Beinen des Mannes ruhte. Der MG-Schütze wand sich auf dem Schotter, krallte die Finger in den Boden und grub verzweifelte Spuren hinein. Dabei schrie er sich die Lunge aus dem Leib und versuchte vergeblich, seinen Körper unter dem LMV hervorzuziehen.

»Phillipe!«, rief Sergent Maes, der den zweiten Wagen kommandierte. »Nicht bewegen! Sanitäter! Hierher! Hierher!«

Maes stürzte heran, packte zu und zog Compernol aus dem Wrack. Er riss sein Verbandspäckchen heraus und begann damit, sich am rechten Arm des Premier sergents zu schaffen zu machen.

»Mir geht es gut«, lallte Compernol dumpf. »Kümmere dich um den Schützen.«

Maes ignorierte ihn und als er auf seinen rechten Arm sah, bemerkte Compernol, dass Blut aus einem Stumpf strömte; der Arm war unterhalb des Ellbogens abgerissen worden. Mase versuchte verzweifelt, mit dem improvisierten Druckverband die zerfetzte Schlagader abzubinden.

Jetzt waren auch weitere Männer zur Stelle, drehten ihn herum und kümmerten sich um seine Wunden. Sein Sichtfeld zog sich immer mehr zusammen und Premier sergent Phillipe Compernol schloss die Augen, um seinen Geist in die Dunkelheit davontragen zu lassen …

Camp Castor

Am nächsten Tag wurde Feldwebel Volkmann auf dem Rückweg vom Schießplatz, wo er mit den Angehörigen vom BAT geübt hatte, von Hauptmann Boiger abgefangen.

»Feldwebel!«, rief Boiger mit seiner Fistelstimme.

Volkmann blieb stehen und drehte sich zu dem Hauptmann um.

»Herr Hauptmann?«

»Es gibt Arbeit für Sie.« Der Offizier schob seine verspiegelte Sonnenbrille zurecht und stemmte dann die Hände in die Hüften. »Jemand von der Aufklärungsabteilung soll sich in Bourem umsehen, das von den Aufständischen angegriffen wurde. Die Sache hat Priorität beim Forces Headquarters in Bamako, deshalb stehen zwei NH90 für den Einsatz zur Verfügung. Sie und ihre Leute sichern das Unternehmen ab. Um 1100 geht es los. Die Malis sind natürlich mit von der Partie.«

»Verstanden, Herr Hauptmann. Aufklärungsunternehmen in Bourem absichern. Beginn um 1100.«

Boiger nickte zufrieden, sah sich kurz um, dann übermannte ihn die Neugierde und er fragte: »Die Kameraden, die mit uns in Afghanistan waren… wissen Sie, was aus denen geworden ist?«

»Bo Bogdanski hat das Restaurant der Familie übernommen. Simon Monse hat mit einem Kumpel eine Software-Firma gegründet und macht mehr Geld, als Sie oder ich je sehen werden«, antwortete Volkmann knapp.

»Wenn Sie das sagen«, meinte Boiger leichthin. Seine Familie war sehr eng mit einem bekannten deutschen Rüstungskonzern verbandelt. Arm war der Hauptmann nicht gerade.

Boiger deutete mit der Hand einen winzigen Pygmäen an. »Und der Kleine?«

Die Gesichtszüge des Feldwebels verhärteten sich. »Mücke Wissmuth hatte vor drei Jahren einen Unfall, als er mit dem Motorrad unterwegs war. Ein Betrunkener hat ihn voll mit seinem Wagen erwischt. Er war danach von der Brust an abwärts gelähmt.«

Boiger wirkte ehrlich betroffen. »Das ist ja schrecklich!«

»Ich habe ihn nur zweimal besucht«, fuhr Volkmann fort. Seine Kiefer mahlten, sein düsterer Blick war in die Vergangenheit gerichtet. »Er hat mich jedes Mal angefleht, ihm eine Pistole zu geben. Seine Familie hat alles für ihn getan, aber er kann es nicht länger ertragen. Mücke hat dann über Monate heimlich Schmerztabletten gesammelt und sich aus dem Leben verabschiedet.«

Dem Hauptmann entglitten die Gesichtszüge. »Großer Gott! Volkmann, das habe ich ja nicht ahnen können! Ich wollte Sie nicht …«

»Wenn Sie mich jetzt bitte entschuldigen würden, Herr Hauptmann? Ich muss unseren Einsatz vorbereiten. Sie verstehen?« Volkmann sah Boiger mit steinerner Miene an.

»Natürlich, Feldwebel. Machen Sie nur.«

Volkmann grüßte und wandte sich ab.

Hauptmann Boiger sah ihm nach, als der Feldwebel mit steifen Schritten davonstiefelte. Die traurige Neuigkeit hatte ihn tiefer erschüttert, als er es selbst für möglich gehalten hätte.

Bourem, Mali

Dicke, schwarze Rauchwolken standen über Bourem, wiesen auf die schweren Kämpfe hin, die um die Stadt getobt hatten. Unmengen von Menschen, deren Zuhause weitgehend zerstört worden waren, bevölkerten die Straßen. Einige durchsuchten die Trümmer ihrer Häuser nach etwas brauchbarem oder Erinnerungsstücken, andere standen stumm vor den Ruinen. Sie alle benötigen nun dringend die Hilfe der UN-Mission. Der Süden der Stadt war von den Kämpfen weitgehend verschont worden; dort hatte man in der Nähe des Flusses bereits Notunterkünfte eingerichtet. Die Lage war immer noch nicht völlig unter Kontrolle; wie es hieß, sollten sich noch einige Aufständische in der Umgebung der Stadt herumtreiben.

Vorsichtig tasteten sich die beiden NH90 an die Stadt heran. Nervöse Schützen, die sogenannten Doorgunner, standen in den offenen Seitentüren der Transporthubschrauber und ließen den Lauf ihrer MG3 unentwegt von einer Seite zur anderen wandern. Ein behelfsmäßiger Hubschrauber-Landeplatz war aus dem lehmigen Boden gewalzt worden. Der erste NH90 landete und eine Gruppe Soldaten sprang heraus, bildete sofort eine Sicherungszone um den Landeplatz. Der zweite Hubschrauber kreiste derweil in der Luft. Die Doorgunner hielten nach Aufständischen Ausschau, welche sich womöglich noch irgendwo verborgen hielten.

In ihrem Bemühen, eine möglichst eben Fläche für die Hubschrauber zu schaffen, hatte der Bautrupp allerhand Geröll und Erde zu mehreren knapp einen Meter hohen Haufen zusammengeschoben, die sich mehr oder weniger gleichmäßig um die Landezone verteilten. Diese Erdhügel bildeten nun eine hervorragende Deckung für die sichernden Soldaten, deren Gewehrläufe in alle Richtungen zeigten.

Der erste NH90 hob wieder ab, tauschte mit der zweiten Maschine die Position und weitere Soldaten stiegen aus.

Oberfeldwebel Kristina Wolff sprang aus der Seitenluke, eilte einige Schritte von der Maschine weg und ging dann in die Hocke. Staub wurde von den Rotorblättern aufgewirbelt und kleine Steine prallten schmerzhaft gegen die Rückseite ihrer Beine, während die Kampfweste und der Helm mit der Schutzbrille ihren Kopf und Oberkörper schützen.

Der NH90 schraubte sich wieder in die Luft und begann über dem Landefeld zu kreisen.

»Kommen Sie!«, sagte Feldwebel Volkmann und führte Kristina an den Rand des Landeplatzes.

Die sechs Bundeswehrsoldaten und Sergent-chef Keitas Spezialkräfte bildeten einen schützenden Ring um den Oberfeldwebel.

»15 Minuten«, rief Volkmann Kristina in Erinnerung. »Dann müssen wir wieder zurück!«

»Verstanden!«

Am Rande des Notlagers trafen sie auf eine nigerianische Krankenschwester.

»Wie viele Verwundete haben Sie hier?«, fragte Kristina die Frau.

»Etwa 400. Hauptsächlich Frauen, Kinder und alte Menschen.« Die Erschöpfung hatte tiefe Spuren im Gesicht der jungen Frau hinterlassen. Das provisorische Lazarett war hoffnungslos überfüllt. »Es ist unglaublich, wie die Tuareg hier gewütet haben. Fast alle Leute hier haben Schuss- oder Stichwunden. Etwa 50 Menschen wurden verschleppt.«

»Was ist mit der Miliz?«, wollte Keita wissen.

»Die meisten Milizionäre sind gefallen. Einige sind geflohen. Der Rest ist noch hier.«

Der Sergent-chef versteifte sich bei dieser Auskunft sichtlich und murmelte eine Reihe von üblen, französischen Flüchen vor sich hin.

Kristina sah sich um.

»Wo sind die anderen Hilfslieferungen? Es sollte doch noch ein Konvoi hierher geschickt werden.«

»Leider haben die da oben den Plan nicht mit den Aufständischen abgestimmt«, erwiderte die Nigerianerin bissig. »Die Straße wurde vermint, der Konvoi ist nicht durchgekommen. Es fehlt uns hier an allem! Wir haben nicht einmal genug zu essen für die Leute.«

»Jeder von uns hat ein EPa«, bot Volkmann an, aber die wenigen Einmannpackungen schienen ihm nicht mehr als ein Tropfen auf dem heißen Stein zu sein.

Zu seiner Überraschung lächelte ihn die Krankenschwester jedoch dankbar an. »Wenn man aus der Ration einen Eintopf macht, kann man damit zehn Menschen für einen Tag ernähren.«

»Jewgeni!«, rief Volkmann den russischstämmigen Stabsgefreiten herbei.

»Hier, Chef!« Die Bundeswehrsoldaten hatten mitbekommen, dass Sergent-chef Keita von seinen Leuten auf diese Art gerufen wurde, und hatten die Abkürzung für sich übernommen.

»Sammle alle EPas ein und gib sie dieser Dame.«

»Verstanden, Chef.«

Der Stabsgefreite nestelte am Rucksack des Feldwebels herum und zog das Einmannpaket heraus. Dann legte er es neben sich auf den Boden und begann, auch die anderen Einmannpackungen einzusammeln.

Keita winkte Jean zu, der sich sofort in Bewegung setzte, um es seinem deutschen Kameraden gleichzutun. Wenige Minuten später lagen die elf Pakete bereit.

»Danke«, sagte die Krankenschwester. »Das hilft uns wirklich weiter.«

»Wir werden sofort weiteren Nachschub anfordern«, versicherte Kristina ihr. Dann stellte sie noch einige Fragen, deren Antworten sie gewissenhaft auf ihrem Notizblock mitschrieb.

Volkmann sah auf seine Uhr. Sie hatten noch sechs Minuten, bis die Hubschrauber wieder landen würden. Nervös ließ er den Blick über das Gelände wandern.

Keita schien ebenfalls beunruhigt zu sein.

»Das gefällt mir gar nicht. Wir sitzen hier wie auf dem Präsentierteller.«

»Ja, ich habe auch kein gutes Gefühl bei der Sache«, meinte Volkmann zustimmend.

Die beiden erfahrenen Feldwebel sahen einander an.

»Wir sollten sofort von hier verschwinden.« Keita rückte seine persönliche Waffe, ein leichtes Maschinengewehr, vor seiner breiten Brust zurecht. In seinen gewaltigen Händen wirkte das PKM direkt klein.

»Ja«, stimmte Volkmann zu. »Ich rufe die Hubschrauber zurück.«

Er griff nach seinem Funkgerät. »Hawk Fünf, Hawk Fünf, hier Delta Eins. Erbitten Abholung. Over.«

»Hier Hawk Fünf. Verstanden, Delta Eins. Abholung in zwo. Over«

»Hawk Fünf. Delta Eins hat verstanden. Abholung in zwo. Over.«

Volkmann hob zwei Finger. »Abholung in zwei Minuten!«

»Zwei Minuten!«, betätigten die Kameraden.

»Was ist denn los?«, fragte Kristina überrascht.

»Wir ziehen ab«, informierte sie Volkmann.

»Aber wir haben noch etwas Zeit«, protestierte sie.

»Haben Sie erfahren, was Sie wissen wollten?«

»Nun, im Groben ja.«

»Dann passt es doch.« Volkmann wandte sich an Keita. »Die Dame geht an Bord des ersten Hubschraubers. Wer begleitet Sie?«

»Es gibt nur eine Art, wie Männer das regeln«, dröhnte Keita über das lauter werdende Geräusch des anfliegenden NH90.

Die beiden Feldwebel grinsten sich an und schüttelten dreimal ihre Fäuste. Keita zeigte Stein an, Volkmann Schere.

»Mist!«

»Wir sehen uns später, weißer Junge!«, lachte Keita. »Adama, Oumar, Saif, Jean, Modibo! Zu mir! Wir gehen als erste an Bord!«

Die Malis nahmen Kristina in die Mitte, während die Deutschen einen weiten Ring um das Landefeld bildeten.

Der erste NH90 schwebte bereits zur Landung ein. Eine gewaltige Staubwolke wirbelte auf und raubte allen für Sekunden die Sicht.

»Los, los, los!«, rief Keita und schob Kristina ins Transportabteil. Die fünf malischen Soldaten stiegen mit dem Sergent-chef ein. Alle blieben in den Luken sitzen und zielten mit ihren Waffen nach draußen.

Während der NH90 abhob, sah Kristina, wie Volkmann am Boden plötzlich herum fuhr und sein Gewehr nach oben riss.

»Tuareg!«, brüllte Keita, der in der linken Türöffnung saß, und deutete mit dem Finger nach unten. »Zwei Pick-ups nähern sich aus Südwesten! Verdammt, die haben im Grünstreifen am Flussufer gelauert!«

Die Geländewagen brachen aus dem Grünstreifen hervor. Einer führte eine Flagge mit, auf deren linker Seite ein gelbes Dreieck zu sehen war, dessen Spitze nach rechts zeigte. Hinzu kamen drei Querstreifen, von oben nach unten grün, rot und schwarz; die Fahne des nicht anerkannten Tuareg-Staates Azawad. Die Pick-ups waren mit jeweils einem halben Dutzend Kämpfer besetzt und beide verfügten über ein auf der Ladefläche montiertes schweres Maschinengewehr.

»Hawk Fünf, Hawk Fünf! Hier Delta Eins! Zwei Jeeps mit Kaliber .50 südwestlich von Ihnen! Sofort abdrehen!«, erklang der Warnruf von Volkmann über Funk.

Doch der Pilot des NH90 war ein erfahrener Mann; er hatte bereits einige Sekunden zuvor auf die Bedrohung reagiert und ein Ausweichmanöver eingeleitet.

Leuchtspurgeschosse jagten in den Himmel, schienen nach dem NH90 greifen zu wollen, rasten jedoch glücklicherweise weit an dem Hubschrauber vorbei.

»Setzt uns ab!«, rief Keita dem Bordwart im Transportraum zu und deutete mit seiner großen Hand nach unten. »Wir müssen ihnen helfen! Geht wieder runter!«

»Das können wir nicht«, brüllte der Mann zurück. »Wir haben den Befehl, unseren Vogel unter keinen Umständen zu gefährden!«

»Das sind doch eure eigenen Leute da unten!«, schrie Keita ihn wutentbrannt an. »Wollt ihr die etwa im Stich lassen?«

»Mit unseren MG3 kommen wir gegen deren .50er nicht an«, gab der Deutsche nicht minder zornig zurück. »Die putzen uns vom Himmel, bevor wir in Reichweite sind! Verfluchte Scheiße, Mann …«

Der Bordwart unterbrach sich und blickte mit verbitterter Miene zu den Türschützen, die frustriert und ärgerlich über die Läufe ihrer Waffen nach draußen starrten. Die Bewaffnung des NH90 war zu schwach, um sich in einer heißen, also umkämpften Landezone durchzusetzen. Um die LZ zu säubern, hätte man die Unterstützung durch Kampfhubschrauber gebraucht. Aber die vier deutschen Tiger waren derzeit nicht verfügbar. Wieder einmal rächte es sich, dass für die vielen Auslandseinsätze der Bundeswehr nicht genügend Material vorhanden war.

Keita spulte eine ganze Reihe von französischen Flüchen ab, wechselte dann auf Bambara, der in Westafrika am weitesten verbreiteten Sprache, und fügte noch einige weitere äußerst farbenfrohe Formulierungen hinzu.

Besorgt sah Kristina am breiten Rücken des Sergent-chefs vorbei nach draußen.

*

»Hawk Fünf, Hawk Fünf! Hier Delta Eins! Zwei Jeeps mit Kaliber .50 südwestlich von Ihnen! Sofort abdrehen!«, rief Feldwebel Volkmann über Funk, nachdem er die Geländewagen entdeckt hatte.

Die sechs Soldaten am Boden vernahmen über das Triebwerksgeräusch der Hubschrauber das Wummern von schwerem Maschinengewehrfeuer. Eine Leuchtspurbahn griff nach dem NH90, der wie ein erschreckter Vogel in den Himmel aufstieg.

»Geht in Deckung und versucht, das Feuer vom Heli abzuziehen!«, brüllte Volkmann über den Lärm und zielte mit seinem Gewehr auf den Feind.

Auf der Ladefläche des ersten Pick-ups stand ein mit einem Tagelmust vermummter Kämpfer. Ein Tagelmust war ein Baumwolltuch, das von Tuareg-Männern getragen wurde und bis zu 15 Meter lang sein konnte; es wurde turbanartig um den Kopf gewickelt. Der Tuareg bediente ein schweres 12,7-Millimeter-Maschinengewehr, das auf der Ladefläche des Geländewagens montiert war.

Solche leichten, für den Kampfeinsatz umgebauten und mit Waffen ausgestatteten Fahrzeuge bezeichnete man auch als Technicals. Der MG-

Schütze richtete den langen Lauf seines russischen DSchK neu aus und zielte wieder auf den NH90.

Volkmann gab zwei Schüsse ab. Der Kopf des einen Tagelmust tragenden MG-Schützen wurde nach hinten gerissen, eine rote Blutwolke stand für Sekundenbruchteile hinter ihm in der Luft. Die Hände des Schützen lösten sich von den Griffen der schweren Waffe und er polterte von der Ladefläche herunter.

Im provisorischen Lager brach Panik aus, Menschen liefen kreuz und quer durcheinander, als alle gleichzeitig versuchten, sich irgendwo in Sicherheit zu bringen.

Die Technicals rasten mit röhrenden Motoren auf das provisorische Landefeld zu und die Kämpfer auf den Ladeflächen deckten das ganze Gebiet mit einem wahren Kugelhagel ein.

Leuchtspurgeschosse schwirrten um die Soldaten herum. Volkmann vernahm das Pfeifen von Kugeln, die über seinen Kopf hinwegflogen. Andere landeten in den Erdhaufen, trafen auf Steine und prallten an ihnen ab. Das Jaulen der Querschläger klang wie im Film, wo die Helden scheinbar unbeeindruckt durch den feindlichen Beschuss marschierten. Aber das hier war kein Film. Hier stand nach Drehschluss keiner der Gefallenen wieder auf.

»Stitch!«, rief Volkmann. »Sperrfeuer auf die Wagen!«

»Verstanden, Sperrfeuer!«, bestätigte der Hauptgefreite brüllend.

Während die heranrasenden Pick-ups immer näher kamen, richtete Stitch sein MG4 neu aus. Er brachte den roten Zielpunkt seiner Optik über den führenden Geländewagen und gab drei kurze Feuerstöße ab. Die Waffe schlug gegen seine Schulter und spuckte die 5,56-Millimeter-Geschosse aus. Die Windschutzscheibe des Technicals explodierte in einem Hagel von Glasscherben. Offenbar war der Fahrer getroffen worden, denn das Fahrzeug drehte zur Seite weg und knallte unkontrolliert in einen der aufgehäuften Erdwälle am südlichen Ende des Hubschrauberlandeplatzes. Die vier feindlichen Kämpfer flogen in hohen Bogen von der Ladefläche.

Jewgeni, Matze, Piet und Tom nahmen indessen den zweiten Pick-up unter Beschuss. Sie erwischten drei der Kämpfer und den MG-Schützen. Die Gegner flogen von Kugeln durchsiebt von der Ladefläche. Der Fahrer des Geländewagens hielt jedoch stur weiter auf sie zu und wollte sie offensichtlich über den Haufen fahren, während sein Beifahrer aus dem Fenster hing und das Magazin seiner AK-47 in ihre Richtung leerte.

Volkmann zielte und feuerte. Die anderen Soldaten vernahmen das typische *Fopp!* einer 40-Millimeter-Granate. Jene Granaten erzeugten ein solches Geräusch immer dann, wenn sie das Rohr verließen und sich von ihrer Ummantelung trennten. Die 40-Millimeter-Splittergranate detonierte noch in der Luft und nur wenige Zentimeter oberhalb des Fahrzeugs. Die Sprengladung verwandelte die Granatenhülle in eine Wolke aus Hunderten von Schrapnellsplittern, die auf den Geländewagen einprasselten, das dünne Blech sowie den Treibstofftank durchdrang und die Benzinleitung zerfetzten. Die dabei entstehenden Funken ließen den Wagen sofort in Flammen aufgehen. Die Insassen hatten nicht einmal mehr mitbekommen, was sie da eigentlich getroffen hatte. Das Fahrzeug rollte noch einige Meter weiter und blieb dann einfach stehen, während die Flammen immer höher schlugen.

»Ich gehe vor!«, kündigte Volkmann laut an. »Jewgeni, Piet, Matze, mir folgen! Tom und Stitch, ihr gebt Feuerschutz!«

»Verstanden, Chef!«

Die vier Männer sprangen auf und näherten sich dem ersten Pick-up. Ein Tuareg kam jenseits des Erdhaufens zum Vorschein. Er stemmte sich in die Höhe und stützte sich dabei auf seine Kalaschnikow.

»Die Waffe weg!«, bellte Volkmann. »Arme loin! Arme loin!«

»Allahu Akbar!«

Der Tuareg riss sein Gewehr hoch, hatte jedoch keine Chance. Vier Waffen ratterten gleichzeitig los und der Aufständische flog als blutender Haufen hintenüber.

Das Feuergefecht war vorüber.

»Du blödes Arschloch!«, schimpfte Jewgeni aufgebracht. »Warum hast du nicht aufgegeben?«

»Die Umgebung absuchen!«, wies Volkmann sie an. »Und schaut, ob ihr irgendwelche Dokumente oder Handys findet.«

Eine rasche Überprüfung ergab, dass keiner der feindlichen Kämpfer mehr am Leben war. Dafür fanden sie eine Landkarte mit eingetragenen Markierungen und ein Satellitentelefon.

»Gesichert, Chef!«

Volkmann nickte und rief die Hubschrauber. »Hawk Fünf, Hawk Fünf. Hier Delta Eins. Landezone ist gesichert. Erbitte Abholung. Over.«

»Hawk Fünf hat verstanden, Delta Eins. Landezone gesichert«, antwortete der Pilot mit hörbarer Erleichterung in der Stimme. »Hawk Sechs im Anflug. Abholung in zwo! Over!«

»Delta Eins, verstanden. Abholung in zwo. Over.«

Die fünf Soldaten behielten nervös ihre Umgebung im Auge, während die restlichen Männer der örtlichen Miliz am Landefeld eintrafen und damit begannen, die Waffen der Toten einzusammeln.

Am brennenden Pick-up ging die Munition für das Maschinengewehr knatternd hoch, jagte heulend davon und trieb die malische Miliz zurück.

Camp Castor, Gao, einige Stunden später

Die beiden NH90 setzen auf dem Landefeld von Camp Castor auf, wobei sie große Staubwolken aufwirbelten. Die Piloten stellten die Triebwerke ab und die Rotorblätter kamen langsam zum Stillstand. Erhitztes Metall knisterte. Die Soldaten stiegen aus den Maschinen, während die Besatzungen ihre Checklisten abhakten sich mit den Bodenmannschaften besprachen.

Leutnant Yilmaz kam ihnen in voller Ausrüstung entgegengelaufen.

»Ist bei Ihnen alles in Ordnung, Feldwebel?«

»Jawohl, Herr Leutnant, alles in Ordnung. Auf unserer Seite gibt es weder Tote noch Verletzte«, meldete Volkmann seinem Zugführer. Er sah, wie der Adamsapfel des jungen Leutnants auf und ab hüpfte. »Ist etwas passiert, Herr Leutnant?«

»Wir haben einen unserer Tiger-Kampfhubschrauber verloren«, sagte Yilmaz mit ernster Miene.

»Was? Wie denn?«

»Wissen wir nicht.« Yilmaz schüttelte, immer noch fassungslos, den Kopf. »Die Besatzung des zweiten Tiger meldete nur, dass die andere Maschine von einer Sekunde zur anderen in den Sturzflug überging und am Boden explodierte.«

Betroffen sahen sich die Soldaten an.

Yilmaz atmete tief durch. »Wir haben den Auftrag, die Absturzstelle zu sichern. Sind Sie in der Lage, sofort wieder loszufliegen?«

Volkmann sah seinen kleine Trupp fragend an. Nacheinander nickten seine fünf Kameraden. »Jawohl, Herr Leutnant.«

Sergent-chef Keita trat einen Schritt vor und verkündete: »Wir würden ebenfalls gerne mitkommen, mon Lieutenant.«

»Danke, Sergent-chef.«

Wenige Minuten später hoben die zwei in Bereitschaft gehaltenen NH90 ab.

Die deutsche Bundesregierung hatte sich dazu bereit erklärt, einen gemischten Verband der Heeresflieger nach Mali zu entsenden, nachdem die Niederländer ihre AH-64 Apache schließlich von MINUSMA abgezogen hatten. Vier NH90-Transport- und vier Tiger-Kampfhubschrauber waren von angemieteten Großraumtransportflugzeugen An-124 nach Bamako geflogen worden. Von dort hatten sie ins Camp Castor bei Gao verlegt. Anfang Mai hatten die Maschinen ihre ersten Einsätze geflogen.

Die NH90 näherten sich der Absturzstelle.

Die beiden Kampfhubschrauber waren mit dem Auftrag gestartet, bei Gefechten in Tabankort, im Nordosten Malis, knapp 150 Kilometer nördlich von Gao, unterstützend einzugreifen. Allerdings war der eine Tiger bereits auf halber Strecke zwischen beiden Orten abgestürzt.

»Da ist es!«, rief der rechte Doorgunner und deutete auf eine dunkle Stelle in der malischen Steppe.

Der Tiger – vielmehr das, was von ihm übriggeblieben war – lag zwischen zwei sanften Hängen. Das Gelände war mit Steinen, Staub und vertrockneten Sträuchern bedeckt. Eine weite Fläche um das Wrack war verbrannt. Von der unglaublichen Hitze des Feuers waren sogar der Erdboden und umliegende Felsen versengt worden.

»Setzen Sie uns auf der rechten Hügelkuppe ab!«, rief Volkmann über den Lärm der Triebwerke hinweg dem Bordwart zu. Der nickte bestätigend und informierte über das im Helm eingebaute Bordsprechsystem die Piloten. Die erklärten sich einverstanden und steuerte die Hügelkuppe rechter Hand des Wracks an. Staub und Steine wirbelten unter den Rotorblättern davon. Die Soldaten prüften ein letztes Mal den Sitz ihrer Schutzbrillen und verließen den Hubschrauber aus der linken Seitentür, sprangen aus einem halben Meter Höhe ab.

Sofort sicherten sie die Umgebung, während hinter ihnen der NH90 wieder in den Himmel aufstieg. Ihnen gegenüber, auf der linken Hügelkuppe, ging der zweite Transporthubschrauber nieder, während die erste Maschine die Landung aus der Luft absicherte. Sergent-chef Keita und seine Spezialkräfte verließen die Maschine und schwärmten aus. Sekunden später brauste der NH90 davon.

Die beiden Trupps, sechs Malis und acht Deutsche, denn Leutnant Yilmaz und Oberfeldwebel Wolff waren mitgekommen, näherten sich von beiden Seiten dem Wrack.

Die Trümmer des Tigers lagen in unmittelbarer Nähe des Rumpfes, der durch die Explosion völlig deformiert und verbrannt war. Zwei der vier Rotorblätter waren abgerissen, die beiden anderen hingen wie abgeknickte Flügel am Rotorkopf.

Die Sonne stand schon tief, schließlich war es später Nachmittag, aber die Temperaturen lagen immer noch über 30 Grad. Das war jedoch nicht der einzige Grund, weshalb allen der Schweiß auf der Stirn stand.

Der Gestank des ausgebrannten Hubschraubers war überwältigend, es roch nach verschmortem Plastik und Metall. Der stechende Geruch war so stark, dass sich Volkmann das Shemagh über Mund und Nase zog. Seine Augen tränten ob der Chemikaliendämpfe, die vom Wrack ausgingen, und so zog er die Schutzbrille wieder nach unten. Er näherte sich der Kanzel von der rechten Seite, warf einen Blick ins zersplitterte Cockpit. Der Übelkeit erregende Geruch von verbranntem Fleisch drang durch sein Shemagh in seine Nase und er atmete nur noch durch den Mund. Diesen Geruch kannte er bereits aus Afghanistan. Er verfolgte ihn seit Jahren bis in seine Träume.

Hinter sich vernahm Volkmann ein Würgen. Jemand übergab sich lautstark, Sekunden später tat es ihm ein anderer Kamerad gleich.

»Wir müssen Fotos machen, vom Hubschrauber und der Besatzung.« Volkmann ließ den Blick über den Rumpf gleiten; der war verbrannt und von der Hitze verzogen. Aber der Feldwebel entdeckte auf die Schnelle keine Einschusslöcher oder etwas Vergleichbares. Volkmann begab sich zum Heckausleger und kniete nieder, um den Täuschkörperwerfer zu kontrollieren.

»Sie haben keine Täuschkörper ausgestoßen. Auch davon brauchen wir Fotos.« Er stand wieder auf und drehte sich um.

Leutnant Yilmaz und Jewgeni hockten kreidebleich am Boden, atmeten schwer und starrten mit weit aufgerissenen Augen auf dic toten Kameraden in der Kanzel. Auch Stitch, Matze, Piet, Tom und Wolff schienen wie erstarrt, konnten den Blick nicht von der Kanzel abwenden.

»Hey!«, fuhr Volkmann die Gruppe an, woraufhin alle zusammenzuckten. »Behaltet gefälligst eure Sektoren im Auge, sonst holt euch der Teufel!«

Der Anpfiff wirkte, die Leute erwachten aus ihrer Schockstarre, begaben sich auf ihre Posten.

»Was machen wir jetzt?«, fragte Keita seinen deutschen Freund.

»Ich mache die Fotos. Die anderen sind dazu nicht in der Lage. Dann halten wir uns in Bereitschaft, bis die Verstärkung eintrifft.«

Keita nickte.

»Tut mir leid um eure Kameraden.«

»Danke, Kumpel.«

Volkmann lieh sich die Digitalkamera von Oberfeldwebel Wolff aus. Dann schob er sich gleich vier Kaugummis auf einmal in den Mund, um den üblen Geschmack auf seiner Zunge zu überdecken. Als Nächstes fertigte er mehr als 100 Fotos an, wobei er das Wrack und die Trümmer aus allen Richtungen aufnahm. Die Waffenbehälter mit den 12,7-Millimeter-Maschinengewehren und den 19 Raketen im Kaliber 70 Millimeter waren entweder komplett abgerissen oder hingen noch an den Befestigungen unter den Stummelflächen, was Volkmann ebenfalls dokumentierte. Weitere 30 Aufnahmen machte er von der Kanzel und der Besatzung. Als er damit fertig war, ging er zurück zu seinen Kameraden, die in respektvollem Abstand zum Wrack Posten bezogen hatten.

Jewgeni fummelte mit zitternden Fingern eine Packung Zigaretten aus der Brusttasche, wollte sich offenbar eine Kippe anstecken.

»Pack die Zigaretten weg, Jewgeni.«

»Chef?« Mit geröteten Augen blickte der Stabsgefreite zu ihm auf.

Volkmann deutete mit dem Daumen hinter sich. »Es gibt immer noch Treibstoffdämpfe am Wrack, vielleicht sind sogar noch Spritreste in den Tanks, also kein offenes Feuer in der Umgebung. Klar?«

»Klar.«

Volkmann reichte dem Russlanddeutschen seine Kaugummipackung. »Nimm die hier.«

»Danke, Chef.«

Volkmann klopfte ihm auf die Schulter und ging ein paar Schritte weiter zu Leutnant Yilmaz.

Der hatte die geöffnete Feldflasche im Schoß und sah immer noch das Wrack an.

»Passen Sie auf, dass Sie die Fliegen nicht mit runterschlucken, Herr Leutnant«, warnte Volkmann ihn.

Yilmaz sah auf.

»Wie bitte?«

Volkmann deutete auf die Feldflasche, auf deren noch feuchtem Verschluss sich eine ganze Schar von Fliegen angesammelt hatte.

Der Leutnant verzog das Gesicht und vertrieb die Fliegen, damit er einen weiteren Schluck Wasser zu sich nehmen konnte.

»Danke, Feldwebel.«

Volkmann kontrollierte Stitch, der mit seinem MG4 hinter einem Felsen Stellungen bezogen hatte, und dann Matze, Piet und Tom. Die schienen so weit klarzukommen.

Oberfeldwebel Wolff war relativ gefasst, wenn man die Situation bedachte.

»Geht es Ihnen gut?« fragte Volkmann.

»Ja, ja«, gab sie kurz angebunden zurück, dann sah sie ihn an. »Entschuldigung.«

Volkmann nickte nur verstehend.

»Was glauben Sie, ist mit dem Hubschrauber passiert?«, fragte Kristina. Sie hatte den anfänglichen Schock überwunden und wieder in den Profimodus gewechselt.

»Ich weiß es nicht«, gestand Volkmann ein. »Die Piloten haben keine Täuschkörper abgeworfen und bisher habe ich keine Einschusslöcher oder Hinweise auf einen Raketentreffer entdeckt. Mehr kann ich dazu nicht sagen.«

»Feldwebel?«, rief Leutnant Yilmaz.

»Ja, Herr Leutnant?« Volkmann drehte sich zu seinem Zugführer um.

Der Mund des Leutnants öffnete sich, um etwas zu sagen, doch plötzlich sah er, wie der Blick des Feldwebels von ihm zu einem Punkt hinter seiner rechten Schulter zuckte. Ohne jede Vorwarnung sprang Volkmann nach vorne, rammte dem Offizier seine Schulter in den Bauch und riss ihn so von den Beinen. Yilmaz landete schmerzhaft auf einem Felsen und der harte Aufprall am Erdboden trieb ihm die Luft aus der Lunge.

Einen Sekundenbruchteil später schlug etwas mit ungeheurer Wucht in den Boden ein, genau an der Stelle, an der sich eben noch der Körper des Leutnants befunden hatte. Ein faustgroßer Erdbrocken wirbelten einen Meter hoch in die Luft und feiner Staub rieselte auf sie herab. Der laute Knall des Schusses rollte über sie hinweg und erst jetzt begriff Yilmaz, was gerade geschehen war.

»Scharfschütze!«, bellte Volkmann, der flach neben dem Leutnant auf dem Boden lag. »Alles in Deckung!«

»Deckung! In Deckung!«, schrie auch Keita.

Hektisch warfen sich alle hinter Felsen oder suchten Schutz in kleinen Mulden. Innerhalb von zwci Sekunden pressten sie sich flach wie die Flundern auf den Boden.

Yilmaz schlug das Herz bis in den Hals, er starrte auf das gut 20 Zentimeter messende Loch im Erdreich. Ohne seinen aufmerksamen Feldwebel hätte er dieses Loch jetzt im Leibe.

»Hat jemand das Mündungsfeuer gesehen?«, rief Keita.

»Ja«, bestätigte Volkmann. »An der Hügelkuppe, nördlich von uns. Entfernung etwa 900 Meter, schätze ich.«

»Das könnte hinhauen. Ich habe knapp drei Sekunden gezählt, bis wir den Schuss gehört haben.«

Die beiden Unteroffiziere waren zu erfahren, um wegen einer solchen Situation in Panik zu geraten. Ihre ruhige und professionelle Art wirkte sich sofort auf ihre Kameraden aus; deren in unzähligen Übungsstunden erlernte Fähigkeiten übernahmen wieder die Kontrolle über ihr Handeln.

»Können wir den Scheißkerl erwischen?«, fragte Piet und hob den Kopf um eine Winzigkeit an.

»Nimm sofort die Birne wieder runter!«, herrschte Volkmann ihn an. »Bleibt gefälligst in Deckung! Der Dreckskerl ist kein Anfänger.«

»Woher wollen Sie das wissen, Feldwebel?«, wunderte sich Yilmaz.

»Der Typ hätte Sie um Haaresbreite mit seinem ersten Schuss erwischt und das aus fast 1.000 Meter Entfernung. Glauben Sie mir, Herr Leutnant, der Kerl ist gut.«

»Wir wissen ja, dass die Tuareg neben Waffen auch einige Männer von der Al-Qaida und dem IS erhalten haben«, ließ sich Oberfeldwebel Wolff vernehmen. »Gut denkbar, dass auch ein paar Scharfschützen darunter sind. Die haben im Irak große Erfahrung gesammelt.«

»Das ist sehr beruhigend zu wissen, Frau Oberfeld«, nörgelte Stitch.

»Sorry.«

»Was machen wir jetzt?«, fragte der Leutnant. »Fordern wir Luftunterstützung an?«

Volkmann schüttelte den Kopf. »Das würde zu lange dauern. Außerdem traue ich dem Kerl da hinten zu, dass er nur auf unsere Hubschrauber wartet.«

»Oh«, sagte Yilmaz, als er verstand. Das war die klassische Taktik aller Aufständischen: Schieße einen Hubschrauber ab, bleibe in der Nähe und warte darauf, dass ihre Kameraden den armen Kerlen am Boden zu Hilfe eilen. Und dann schlage erneut zu.

Volkmann richtete den Blick auf Adama, der neben seinem Gewehr vom Typ 56 noch ein in Russland hergestelltes Dragunow-Scharfschützengewehr mitführte. Die Waffe basierte ebenfalls auf der legendären AK-47 und verschoss Kugeln im Kaliber 7,62x54-Millimeter-R, der Standardmunition des russischen Militärs. Sie erlaubte die Bekämpfung von Fernzielen auf bis zu 1.000 Meter.

»Keita, wie gut ist dein Mann mit dem Dragunow?«, wollte der Feldwebel wissen.

»Nicht so gut wie ich«, antwortete der große Malier. »Adama, kannst du zu mir rüberkommen, ohne dass der Scheißkerl dich erwischt?«

»Ich denke schon, Chef.«

»Dann komm rüber. Aber sei vorsichtig.«

Adama kroch ganz langsam über den staubigen Boden und bewegte sich dabei immer nur ein paar Zentimeter auf einmal weit vor, ehe er kurz innehielt. Er war ein Mitglied der malischen Spezialkräfte, gehörte zu den besten Soldaten seines Landes und wusste, wie er dem gegnerischen Scharfschützen die Arbeit erschweren konnte. Trotzdem rechnete er damit, jeden Moment eine Kugel zu fangen. Also drehte er den Kopf zur Seite, um sich noch flacher an den Boden pressen zu können. Nach endlosen drei Minuten erreichte er endlich Keitas Position. Dem jungen Soldaten lief inzwischen der Schweiß in Strömen über das Gesicht.

»Gut gemacht, Adama«, lobte ihn der Sergent-chef. »Gib mir das Gewehr.«

»Hier, Chef.« Der Caporal reichte die lange Waffe an seinen Gruppenführer weiter.

Keita überprüfte das Gewehr, lud es dann durch und kroch zum Rand des Felsen, der ihm Deckung bot. Er blickte durch das PSO-1-Zielfernrohr zum fernen Hügel hinüber. Der Scharfschütze hatte nach seinem Schuss höchstwahrscheinlich die Position gewechselt, damit man ihn nicht so leicht orten konnte. Jetzt würde er irgendwo anders in Stellung gegangen sein, um auf seine nächste Gelegenheit zu warten. Gut möglich, dass der andere Schütze da draußen über die gleiche Waffe verfügte. Die Aufständischen benutzten alles, was sie in die Finger bekamen, und das Dragunow hatte sich auch in den Armeebeständen des Irak und Libyens befunden. Was bedeutete, dass die Sache ziemlich heikel werden könnte …

Er hörte das heranrasende Projektil durch die Luft pfeifen und neben seinem Kopf platzte ein Stück des Felsens weg. Keita presste sich sofort an den Boden, während ein kleiner Schauer aus winzigen Steinfragmenten auf ihn niederging. Der Knall des feindlichen Schusses erreichte ihn knapp zweieinhalb Sekunden später.

»Scheiße! Keita, ist alles in Ordnung?«, rief Volkmann besorgt herüber.

Etwas lief an seiner linken Wange herunter und Keita wischte es mit der Hand weg. Einer seiner Finger war mit Blut bedeckt. »Nur ein Kratzer durch Steinsplitter«, versuchte er die Sache wie beiläufig abzutun. Das war verdammt noch mal zu knapp gewesen! »Der Scheißkerl geht mir ganz gewaltig auf die Nerven, das kann ich euch sagen!«

Die anderen lachten auf – eine instinktive Reaktion, um den aufgestauten Druck abzubauen.

»Und wie geht es jetzt weiter?« Yilmaz wusste es zwar aus den Handbüchern, aber er wollte, dass jemand anderes ihm noch einmal die Fakten darlegte.

»Na, ja«, sagte Keita gedehnt. »Jemand muss aufstehen und dem Kerl da draußen für zwei oder drei Sekunden ablenken.«

Einen Moment lang herrschte völlige Stille. Dann sagte Yilmaz: »Ich übernehme das!«

»Von wegen!« Volkmann tippte dem neben ihm liegenden Leutnant in die Rippen. »Sie sind der Zugführer. Sie müssen uns anführen. Also führen Sie uns. Für solche heiklen Angelegenheiten haben Sie ihre Unteroffiziere.«

»Sind Sie sicher, dass Sie das wirklich machen wollen, Michael?«, fragte Yilmaz nach und sah Volkmann direkt in die Augen.

»Sie meinen, ob ich mich in der Wildnis von Mali von einem blöden Heckenschützen umlegen lassen will?« Der Feldwebel stieß ein halb amüsiertes Schnauben aus. »Ganz bestimmt nicht!«

Yilmaz warf ihm einen vielsagenden Blick zu, sagte aber nichts mehr.

»Also, ich wäre dann so weit!«, rief Volkmann zu Keita hinüber.

Der Sergent-chef packte das Dragunow fester und schaltete den Sicherungshebel an der Seite von »gesichert« auf »Einzelfeuer« um.

Na schön, du Meisterschütze, dachte Keita. *Dann wollen wir mal sehen, wie gut du wirklich bist.*

Yilmaz berührte Feldwebel Volkmann am Arm.

»Passen Sie bloß auf sich auf.«

»Keine Sorge, Herr Leutnant. Keita ist besser als der Kerl da draußen«, sagte Volkmann bestimmt. Der Feldwebel musste seinem malischen Freund in dieser Situation blind vertrauen und das tat er auch.

»Gut, auf mein Zeichen«, rief Keita herüber. »Drei, zwo, eins … jetzt!«

Volkmanns Stiefel scharrten durch den Dreck, als er aufstand.

Eine Sekunde.

Der Scharfschütze würde Volkmann sofort entdeckt haben …

Zwei Sekunden.

… und sein Zielfernrohr auf ihn ausrichten …

Drei Sekunden.

… und abdrücken.

Volkmann duckte sich blitzschnell weg.

Die Kugel zerriss die Luft genau dort, wo sich eben noch der Kopf des Feldwebels befunden hatte.

Keita fand derweil, wonach er gesucht hatte. Zwischen zwei Felsbrocken, knapp unterhalb der Hügelkuppe, war Mündungsfeuer aufgeblitzt. Da lag ein schemenhafter Umriss, der dort nicht hingehörte. Ein langer Gewehrlauf. Und dahinter der Besitzer, ein menschlicher Umriss, verborgen im Schatten der Felsblöcke.

Keita atmete halb aus und drückte sanft den Abzug durch. Das Dragunow hämmerte gegen seine Schulter, doch er fing den Rückstoß mühelos ab. Er behielt das PSO-1 auf das Ziel gerichtet, sah durch das Visier, wie der Kopf des Scharfschützen in einem rötlichen Nebel zerbarst. Der Gewehrlauf kippte zur Seite, als die Waffe den Händen seines toten Besitzers entglitt.

»Ich habe ihn!« Zum ersten Mal seit einer gefühlten Ewigkeit holte Keita wieder Luft.

Volkmann lachte erleichtert auf und wischte sich mit dem Shemagh den Schweiß aus dem Gesicht.

»Guter Schuss, Keita!«, rief er.

»Verdammte Scheiße!«, krähte Adama. »Das war unglaublich, Chef!«

Keita reichte ihm die Waffe zurück. »Alles eine Frage der Übung. Das nächste Mal machst du das selber, klar?«

Adama stierte seinen Gruppenführer sprachlos an.

»Unser Heckenschütze ist Geschichte«, verkündete Keita dröhnend und stand auf.

Er rückte mit seinem Trupp aus, um die Leiche zu untersuchen. Die Deutschen blieben derweil am Absturzort.

Eine Stunde später kehrten die Malier zurück.

»Der Kerl hatte ein M40-Scharfschützengewehr«, berichtete Keita stark schwitzend. Er reichte Volkmann die modifizierte Remington 700. An der Seite befand sich ein Stempel, der das Gewehr als ein M40A1 des US Marine Corps auswies.

»Das muss im Irak erbeutet worden sein«, vermutete Volkmann.

»Möglich«, sagte Keita. »Der Schütze war mit hoher Wahrscheinlichkeit ein Araber. Jedenfalls, soweit ich das nach dem Kopftreffer noch sagen kann.«

Volkmann nickte nur stumm. Er wusste, wie ein zerschmetterter Schädel nach einem Kopfschuss aussah.

»Habt Ihr sonst noch etwas von Interesse gefunden?«

»Nur eine Feldflasche mit Wasser, einige Rationen und Datteln, ein Handy, eine Landkarte«, zählte Keita auf und schüttelte den Rucksack, den er dem Toten abgenommen hatte. »Aber es gab keinen Hinweis darauf, dass er auf den Hubschrauber geschossen hat.«

»Das sollen die Spezialisten klären«, meinte Wolff und streckte die Hand nach dem Rucksack aus. Keita überließ ihn ihr und sie begann sofort darin zu wühlen.

»Hauptsache, Sie ist glücklich«, scherzte Volkmann und Keita stimmte in sein erleichtertes Lachen ein.

Wolff reagierte gar nicht auf das Gelächter, sondern durchsuchte weiter den Besitz des toten Scharfschützen.

Eine Stunde später trafen zwei schwere Transporthubschrauber CH-47 Chinook ein. Sie brachten ihre Ablösung und Spezialisten mit, die sich sofort daran machten, das Wrack zu untersuchen.

Camp Castor, am gleichen Abend

Die Stimmung in Camp Castor war mehr als gedrückt. Andere an der MINUSMA beteiligte Nationen hatten bereits Verluste in Mali erlitten, sogar hohe, die beiden umgekommenen Piloten waren jedoch die ersten Toten für das Truppenkontingent.

Die Verteidigungsministerin trat sofort vor die Kameras der großen Nachrichtenunternehmen. Der ganze Vorfall mache sie unendlich traurig, erklärte Ursula von der Leyen. Sie verneige sich vor den Leistungen und dem Opfer der Soldaten. Ihr tiefes Mitgefühl gelte den Angehörigen der Toten, wie sie versicherte. Allerdings schloss sie Fremdeinwirkung als Absturzursache kategorisch aus. Dabei zählte nicht, dass die beiden Tiger in einer Kriegszone unterwegs gewesen waren. Noch nicht einmal die Flugschreiber hatten die Spezialisten zu diesem Zeitpunkt aus dem Wrack geborgen.

In der Messe des Camps entstand aus dem Missmut der Soldaten eine teils recht lautstark geführte Diskussion.

Es war nicht der erste Tiger-Absturz, den die Bundeswehr verzeichnete: Im März 2013 war ein Tiger bei einem Übungsflug in Bayern verunglückt und vollständig ausgebrannt. Die Besatzung überlebte den Absturz leicht verletzt. Damals wie heute wurde sofort nach dem Absturz ein allgemeines Flugverbot für die Maschinen verhängt. Nach wie vor kämpfte die Truppe mit technischen Schwierigkeiten und anderen Mängeln.

Der Eurocopter Tiger war ein zweisitziger Kampfhubschrauber, dessen Anfänge sich auf das Ende der 1970er Jahre zurückverfolgen ließen. Weitsichtige Planer des Verteidigungsministeriums in Bonn erkannten bereits zum damaligen Zeitpunkt, dass der gerade in Dienst gehende BO 105P / PAH-1 nicht die notwendigen Leistungen erbrachte, um auf den Gefechtsfeldern der Zukunft bestehen zu können. Der neue Panzerabwehrhubschrauber der 2. Generation sollte nicht von einem Zivilhubschrauber adaptiert werden, sondern eine vollständige Neuentwicklung sein. Nach vielen Diskussionen einigten sich Deutschland und Frankreich 1984 auf den gemeinsamen Bau des neuen Kampfhubschraubers. Die Bundesrepublik wollte 212 Exemplare für insgesamt 3,4 Milliarden D-Mark erwerben, die Franzosen planten die Beschaffung von 215 Maschinen. Mit über 400 fest bestellten Hubschraubern und den zusätzlich erhofften Exporten versprach der neue deutsch-französische PAH-2 ein lukratives Geschäft zu werden. So zumindest war der Plan. Aber die gravierenden politischen Umwälzungen, die sich mit dem Zusammenbruch des Ostblocks ergaben, durchkreuzten das ambitionierte Vorhaben.

Der Warschauer Pakt löste sich quasi über Nacht auf und somit bestand kein Bedarf mehr an einem neuen Panzerabwehrhubschrauber. In Frankreich reagierte man darauf, indem man auf den PAH-2 verzichtete und stattdessen einen einfachen Unterstützungshubschrauber, den Tigre HAP, bestellte. Das Kürzel HAP stand für Helicoptere Appui Protection oder sinngemäß Unterstützungs- und Geleitschutzhubschrauber. Um die Überseegebiete Frankreichs zu beschützen, war der mit einer 30-Millimeter-Bordkanone, ungelenkten 68-Millimeter-Raketen und Luft-Luft-Mistral-Raketen bestückte HAP mehr als ausreichend.

In Deutschland war die Lage etwas komplizierter. Seit dem Betritt der DDR zum Staatsgebiet der Bundesrepublik besaß die Bundeswehr mit dem Mi-24 Hind einen modernen und schlagkräftigen Kampfhubschrauber. Ein Teil dieser Maschinen war nagelneu, quasi noch nicht einmal richtig eingeflogen. Die Nutzung des Hind wurde vom modern eingestellten Teil der Bundeswehrführung als sinnvoll erachtet, da sich diese Maschine für die zukünftigen Aufgaben wie Auslandseinsätze im Rahmen von UNO-Missionen perfekt eignete. Doch die Politik konnte mit den waffenstarrenden Mi-24 nichts anfangen. Zudem war für die meisten Politiker alles, was aus dem Osten stammte, schlichtweg Schrott – eine Einschätzung, die später erheblich revidiert werden musste. Einige Mi-24 wurden bis 1993 getestet und dann bis auf wenige Museumsstücke Polen und Ungarn überlassen. Sowohl ehemalige NVA-Piloten als auch ihre Bundeswehrkameraden gaben später an, der Hind sei der beste

Hubschrauber, den sie je geflogen seien. Einige dieser polnischen Mi-24 kamen in Afghanistan zum Einsatz und lieferten dort auch den deutschen Soldaten die benötigte Luftunterstützung.

Desgleichen hatte sich der konservative Teil der Bundeswehrführung mit dem Hind nicht anfreunden können. Anstatt sich flexibel an die neuen Gegebenheiten anzupassen, plante man auf der Bonner Hardthöhe immer noch für die epische Panzerschlacht in den deutschen Tiefebenen. So war der Unterstützungshubschrauber Tiger zwar mit hochmodernen Sensoren und Lenkwaffen ausgestattet, auf den Einbau einer Bordkanone wurde jedoch aus Kostengründen verzichtet. In Afghanistan stellte sich ab 2001 heraus, dass der UHT nun doch zwingend eine Bordkanone benötigte. Der Hersteller bot die Nachrüstung an, doch die Politik entschied 2008 erneut, dass eine solche Waffe nicht gebraucht würde. Deutsche Soldaten im Auslandseinsatz sollten ja nur fröhlich Geschenke verteilen, Brunnen bohren und sich ansonsten von Gefechten möglichst fernhalten. Ein »böser« Kampfhubschrauber war da doch gar nicht nötig. Die Truppe in Afghanistan sah das natürlich ganz anders. Als sich die Berliner Politik endlich der Realität stellte, musste sie erkennen, dass der Tiger in seiner gegenwärtigen Konfiguration für diese Aufgabe völlig ungeeignet war. Daraufhin wurde ein Programm gestartet, welches den UHT für den Afghanistaneinsatz fit machen sollte. Die Bewaffnung, die bisher aus Flugkörpern zur Bekämpfung von Panzern und Luftfahrzeugen bestand, wurde um ungelenkte 70-Millimeter-Raketen und Behälter mit 12,7-Millimeter-Maschinengewehren erweitert. Für den Waffeneinsatz der MG-Behälter musste man mit dem ganzen Hubschrauber zielen, der während des Angriffs weiterhin auf den Gegner zufliegen sollte. Dabei setzte man die eigene Maschine natürlich einem erheblichen Risiko aus, denn die Reichweite der 12,7-Millimeter-Maschinengewehre betrug maximal 1.500 Meter. Die Franzosen, die ihre Tiger unter anderem in Libyen und Mali eingesetzt hatten, konnten hingegen mit ihren 30-Millimeter-Bordkanonen Ziele auf die doppelte Entfernung bekämpfen. Zudem wurde der Tiger als störanfällig angesehen, immer wieder traten Probleme auf. Der Inspekteur des Heeres hatte für den Einsatz in Mali sogar extra eine Ausnahmegenehmigung erteilen müssen. Die bisherige Obergrenze von 43,26 Grad Celsius für den Betrieb des UHT wurde um fünf Grad angehoben.

Mancher der deutschen Soldaten fragte laut, warum die Bundeswehr nicht einfach dem Beispiel anderer NATO-Partner gefolgt war und den amerikanischen AH-64 Apache beschafft hatte. Dieser Kampfhubschrauber bewährte sich seit Jahren im Einsatz. Besonders seine Panzerung verschaffte ihm im Kampf die Möglichkeit, auch unter schwerem Beschuss das Feuer zu erwidern und seine Besatzung sicher nach Hause zu bringen.

Hinzu kam, dass die Maschine sofort verfügbar gewesen wäre, man hätte nicht erst lange, verlustreiche Jahre auf den Tiger warten müssen. Die modernste Version des AH-64 kostete ohne das auf dem Rotorkopf montierte Radar rund 20 Millionen US-Dollar. Das war geradezu günstig, verglich man es mit dem Stückpreis über 45 Millionen Euro für die deutsche Tiger-Variante. Andere Länder mieteten den Apache einfach bei den USA, um ihren Soldaten im Auslandseinsatz die notwendige Luftunterstützung liefern zu können.

Die Diskussion verlagerte sich auf den NH90 Caiman. Dieser Hubschrauber hatte eine zu geringe Bodenfreiheit, gerade mal 16 Zentimeter Raum blieben zwischen Rumpf und Untergrund, weshalb in der Regel nur auf ebenen Flächen gelandet werden konnte. Die Triebwerke machten erhebliche Probleme. Es gab Schwierigkeiten mit Kurzschlüssen, Korrosion und den Rotorblättern. Die Sitze, die Heckrampe und die Bewaffnung waren zu schwach. Anstatt zwölf Soldaten samt Waffen und Ausrüstung zu transportieren, wurde in der Regel nur die Hälfte der möglichen Ausrüstung mitgeführt. Auch der NH90 wurde durch Flugverbote immer wieder an den Boden genagelt, was natürlich die Zahl der möglichen Flugstunden verringerte und die Ausbildung der Piloten verzögerte. Eine Verbesserung war nicht in Sicht. Viele Bundeswehrpiloten des NH90 überlegten, sich als Reaktion darauf fluguntauglich zu melden. Auch hier ertönten Stimmen, die ein amerikanisches Modell, den UH-60 Black Hawk, für überlegen hielten. Der Black Hawk war wie der Apache einsatz- und kampferprobt, konnte mit schweren Maschinengewehren, ungelenkten Raketen und sogar Lenkflugkörpern bewaffnet werden. Bekannt wurde der Hubschrauber vor allem durch den Film *Black Hawk Down*, der den Kampf amerikanischer Truppen gegen Somalis in Mogadischu im Jahre 1993 behandelte.

Irgendwann erlahmte die Diskussion, man wandte sich wieder dem nächsten Bier zu und versuchte, irgendwie mit der Situation klar zu kommen. Die Veteranen kannten solche Gespräche schon aus ihrer Zeit in Afghanistan, wo sie bereits vor zehn oder zwölf Jahren den gleichen Ablauf erlebt hatten ohne eine spürbare Reaktion des BMVg. Viele Kameraden hatten die Hoffnung auf eine Veränderung zum Positiven aufgegeben.

Oberstleutnant Sternberg, Hauptfeldwebel Neubert und Feldwebel Volkmann saßen etwas abseits an einem Tisch. Ihnen gegenüber hatte ein Capitaine der französischen Eingreiftruppe Platz genommen, der schon ein wenig zu oft in sein Glas mit Weißwein geschaut hatte.

»Die ganze Situation hier ist mit der in Vietnam zwischen 1946 und 1954 vergleichbar oder der in Algerien zwischen 1954 bis 1962«, fuhr der

Capitaine – Lefevre stand auf seinem Namensschild – in seinem Monolog fort. »Auch damals führten wir Kriege, die wir nicht gewinnen konnten.«

»Meinen Sie wirklich, Capitaine?«, fragte Sternberg zweifelnd. »Ich hoffe doch, wir können hier mehr ausrichten.«

»Das liegt daran, mon Colonel, weil Sie noch nicht lange hier sind«, meinte Lefevre sofort. »Wir Franzosen sind schon seit Langem hier auf diesem Kontinent präsent. Wir kamen mit den ganzen anderen Europäern her, als das alles hier noch unberührte Wildnis war. Damals hielt jeder Stamm und jedes Königreich genau so viel Land, wie sie mit der Gewalt ihrer Speere verteidigen konnten, ganz so, wie es der Tradition entsprach. Dieses System funktionierte, bis wir Europäer kamen. Wir teilten Afrika unter uns auf, jede Kolonialmacht nahm sich ein saftiges Stück vom großen Kuchen. Es war uns völlig gleichgültig, wo wir unsere Linien auf der Landkarte zeichneten, ob nun durch ein Stammesgebiet oder nicht. Dann ging die Zeit der Kolonialreiche zu Ende und wir kehrten nach Hause zurück. Doch die Afrikaner sind immer noch hier und müssen mit diesen Linien, die wir damals gezeichnet haben, leben. Wir hinterließen bei unserem Rückzug ein Machtvakuum auf diesem Kontinent, das meist von Diktatoren gefüllt wurde. Diese Diktatoren und auch die korrupten Regierungen Afrikas verfolgten alle ihre ganz eigenen Ziele. Und so begannen die Afrikaner, sich gegenseitig umzubringen, bis der ganze Kontinent rot vor Blut war. Und sie tun es noch heute.«

Der Franzose nahm einen großen Schluck Weißwein. »Deshalb liegt es in unserer Verantwortung, hier wieder Ordnung zu schaffen. Wir müssen auf die Afrikaner zugehen und ihnen zeigen, wie man es besser machen, wie man diesen Kontinent wieder aufbauen und in die Zukunft führen kann.«

»Eine Art Marschall-Plan für ganz Afrika«, meinte Neubert.

»Genau!«, stimmte Lefevre zu. »Es kann nur funktionieren, wenn wir der Korruption innerhalb der Regierungen und der Hilfsorganisationen endlich Einhalt gebieten. Diese Organisationen treiben sich hier schon seit 50 Jahren herum und haben die Probleme nur schlimmer gemacht. Die Hilfsgelder verschwinden auf Nimmerwiedersehen, sobald sie überwiesen worden sind. Die einfachen Leute verhungern, während die Regierungschefs alle mit einem Mercedes herumfahren. Das muss endlich aufhören. Nur so können wir dem ewigen Blutvergießen ein Ende bereiten.«

Der Panzeroffizier leerte sein Glas mit Weißwein.

»Sie müssen wissen, ich liebe la belle Afrique wirklich über alles. Ich möchte sogar einmal meinen Ruhestand hier verbringen. Aber dafür muss es hier noch etwas geben, wo man sich überhaupt noch zur Ruhe setzen kann.«

Der Franzose erhob sich leicht schwankend.

»Und jetzt bitte ich, mich zu entschuldigen. Ich glaube, ich sollte mich nun zurückziehen.«

Lefevre salutierte wie im Klamaukfilm und zog davon.

»Der hat für heute genug getankt«, stellte Neubert fest.

»*In vino veritas*«, meinte Volkmann nachdenklich und blickte dem Franzosen hinterher. »Glauben Sie, er hat Recht mit dem, was er sagt?«

»Ich weiß es wirklich nicht«, gab Sternberg zu und zuckte hilflos mit den Schultern. »Hunderte Millionen Dollar an Entwicklungsgeldern sind nach Afrika geflossen und davon hat nicht ein Cent die Leute erreicht, die wirklich Hilfe benötigen. Korruption und Putsche zerstören die wenigen stabilen Regierungen in der Region. Also ja, verdammt, wir müssen den Leuten hier helfen, die Probleme in den Griff zu kriegen. Das hier ist ihre Heimat. Wenn wir ihnen helfen, hier wieder Recht und Ordnung zu schaffen, dann ist das gut für uns alle. Wir können schließlich nicht ganz Afrika bei uns Daheim unterbringen. Auch, wenn Bundeskanzlerin Merkel das anders sehen mag.«

»Vorsicht, Boss«, warnte Neubert leise. »Das klang jetzt verdächtig nach etwas, dass eine gewisse Partei zum Besten gibt. Bei der ganzen Hysterie, die derzeit Zuhause herrscht, könnten Sie sich mit solchen Äußerungen sehr schnell reichlich Ärger einhandeln. Zudem legt uns die Presse unsere Bemühungen hier doch sowieso als Neokolonialismus aus.«

»Nun, das hat natürlich einen wahren Kern«, gab der Oberstleutnant zu. »Hier findet man viele strategische Rohstoffe, auf die wir natürlich gerne weiterhin Zugriff hätten. Aber das kann nur klappen, wenn man die lokalen Regierungen als gleichwertige Partner miteinbezieht.«

»Wenn Sie erlauben, dann möchte ich mich jetzt auch zurückziehen«, sagte Volkmann. »Ich denke, diese Art von Diskussion übersteigt dann doch meine Gehaltsstufe.«

Sternberg und Neubert lachten.

»Bis Morgen, Digger.«

Volkmann verließ den großen Messecontainer und rieb sich den Nasenrücken. Er war müde. Die Hitze setzte ihm zwar nicht mehr so stark zu wie in den ersten Tagen, aber sie forderte dennoch ihren Tribut. Und der Zwischenfall mit dem Heckenschützen trug sein Übriges dazu bei. Nachdenklich betrachtete er das Umland des Camps. Sollte es eine Lösung für die Probleme Malis geben, so kannte er sie nicht. Er befürchtete allerdings, dass sich die Lage hier ähnlich wie in Afghanistan entwickeln würde. Wahrscheinlich würden weitere Kameraden ihr Leben verlieren, man würde Millionen von Euro in ein immer tieferes Loch schaufeln und am Ende nichts zum Besseren verändert haben.

Auf dem Weg zu seinem Wohncontainer mit der Kenneichung T-411 entdeckte er Leutnant Yilmaz, der auf einer Splitterschutzbox hockte. Seine nachdenkliche Pose war Volkmann mehr als vertraut.

»Herr Leutnant, wie sieht es bei Ihnen aus?«, fragte er geradewegs heraus.

»Alles in Ordnung, Feldwebel«, antwortete der junge Leutnant, doch sein Gesichtsausdruck vermittelte dem erfahrenen Unteroffizier eine ganz andere Botschaft. Volkmann blickte seinen Zugführer wortlos an und wartete auf eine weitere Reaktion.

»Feldwebel«, sagte Yilmaz nach einigen Minuten, in denen Volkmann geduldig ausgeharrt hatte. »Ich würde gerne mit Ihnen über etwas sprechen.«

»Natürlich, Herr Leutnant. Worüber Sie möchten …«

Der Leutnant atmete tief durch.

»Ich habe heute versagt, Feldwebel. Ich habe heute zum ersten Mal gefallene Kameraden gesehen und war wie erstarrt. Ich habe mich sogar übergeben«, sagte Yilmaz beschämt. Seine jüngsten Taten schien nicht zu dem Selbstbild zu passen, dass der Leutnant von sich pflegte. Er fragte sich, ob er wirklich das Zeug zum Soldaten hatte. »Und dann war da noch die Sache mit dem Scharfschützen. Ich kannte die richtige Vorgehensweise, aber ich konnte es nicht aussprechen.«

»Das ist völlig normal, Herr Leutnant.« Volkmann dachte an Afghanistan zurück. »Das ist uns allen schon passiert.«

Yilmaz suchte seinen Blick.

»Ihnen auch?«

»Aber sicher doch. Bei meinem ersten Feuergefecht hätte ich mir fast in die Hose gepinkelt«, berichtete Volkmann. »Und als ich zum ersten Mal einen Menschen töten musste, habe ich gekotzt wie ein Reiher.«

Der Leutnant wand sich unbehaglich.

»Gewöhnt man sich irgendwann daran?«

»Ich hoffe doch nicht«, sagte Volkmann mit Nachdruck. »An dem Tag, an dem es mir nichts mehr ausmacht, einem anderen Menschen das Leben zu nehmen, hänge ich die Uniform an den Nagel.«

»Hatten … hatten Sie schon einmal Todesahnungen?«

Volkmann dachte über die Frage des Leutnants nach.

»Sie meinen das Gefühl, dass man aus dem Einsatz nicht zurückkehren wird? Das nicht. Aber ich hatte schon öfters in bestimmten Situationen ein schlechtes Gefühlt, so als ob jeden Moment etwas passieren würde. Manchmal lag ich damit richtig, manchmal nicht.« Er ließ vergangene Einsätze an seinem inneren Auge vorbeiziehen. »Es besteht natürlich immer die Möglichkeit, dass einem etwas passieren kann. Damit habe ich mich schon vor langer Zeit auseinandergesetzt. Man kann das bei dieser Art von Beruf entweder akzeptieren oder man muss sich etwas anderes suchen.«

»Etwas anderes suchen«, wiederholte Yilmaz. »Das möchte ich eigentlich nicht.«

»Dann bleiben sie bei der Truppe und beim nächsten Mal wissen Sie genau, was zu tun ist.«

Yilmaz‘ Miene hellte sich auf.

»Ja. Ich glaube, ich wollte einfach nur mal mit jemandem darüber reden.«

»Jederzeit, Herr Leutnant. Dafür bin ich ja da.«

Yilmaz stieß ein belustigtes Schnauben aus. »Um einem jungen Leutnant die Hand zu halten?«

»Genau so steht es in meiner Jobbeschreibung, Herr Leutnant«, sagte Volkmann mit einem breiten Grinsen. »Vertrauen Sie einfach auf ihre Ausbildung und ihre Kameraden. Dann wird schon alles gut werden.«

Leutnant Yilmaz sprang mit neuer Energie von der Box herunter, lächelte erleichtert und klopfte dem Feldwebel kameradschaftlich auf die Schulter.

»Danke, Feldwebel. Für alles.«

»Keine Ursache, Herr Leutnant.«

Bamako, Mali, einige Tage später

In der Hauptstadt herrschte während der Mittagsstunden reges Treiben. Die meisten der 1,8 Millionen Einwohner schienen unterwegs zu sein. So jedenfalls wirkte es auf Sergent-chef Ibrahim Toure, während er die Wachmannschaften des Armeehauptquartiers kontrollierte. Einige der Posten waren frisch eingezogene Burschen vom Land, die mit der geforderten Disziplin innerhalb der Streitkräfte nichts anfangen konnten. Toure hatte einige dieser Spezialisten bereits bei einem kleinen Mittagsschläfchen erwischt. Seither drillte er die ganze Mannschaft, bis ihnen Hören und Sehen verging. Seine Untergebenen hassten ihn dafür inständig, doch das ließ den Sergent-chef kalt. Seine Aufgabe bestand darin, diese Kinder auf den Krieg gegen die Terroristen vorzubereiten, nicht, einen Beliebtheitswettbewerb zu gewinnen.

Toure bog um eine Ecke und sah gerade noch, wie der Wachsoldat für diesen Bereich einen Schritt von der Gebäudewand vortrat. Der Sergent-chef nahm an, dass sich der junge Soldat bis vor einem Augenblick noch bequem im Schatten an der Wand angelehnt hatte, aber gesehen hatte es das nicht.

Der Junge stand beim Auftauchen seines Vorgesetzten automatisch stramm, zog den Schultergurt seiner MAT-49 nach und rasselte seine

Meldung herunter: »Soldat Diabaté auf Wachposten. Keine besonderen Vorkommnisse, Sergent-chef.«

»Gut, Soldat. Halten Sie weiterhin die Augen offen. Die Tuareg haben angekündigt, Anschläge in der Hauptstadt verüben zu wollen, und das Hauptquartier unserer Streitkräfte ist natürlich das wichtigste Ziel für diese Terroristen.«

»Verstanden, Sergent-chef!«

Toure nickte ihm zu und setzte seine Runde fort.

Er erreichte bald die Vorderfront des HQ. Vorne am Tor standen vier weitere blutjunge Rekruten und beobachteten die vorbeiziehenden Fußgänger und Fahrzeuge, wobei sie die weiblichen Personen ganz besonders streng ins Auge zu fassen schienen. Normalerweise hätte der Sergent-chef nichts dagegen gehabt, schließlich war er auch einmal jung gewesen, aber in dieser angespannten Situation sollten die verdammten Narren auf verdächtige Fahrzeuge achten und nicht den Mädchen hinterhersehen!

Der Sergent-chef ging zum Tor hinüber und legte sich in Gedanken schon einmal die Worte zurecht, die er den Wachen entgegenschleudern würde. Da lenkte ihn ein Lastwagen ab, der sich gemächlich durch den Verkehr schlängelte und sich dem HQ näherte. Toure wusste selbst nicht, warum ihm dieser Lkw sofort ins Auge sprang; er unterschied sich nicht von einem halben Dutzend anderer Laster, die sich durch den üppigen Verkehr quälten. Die Plane der Ladefläche flatterte träge im Fahrtwind, in der Kabine saßen zwei Gestalten, die der Sergent-chef ob der grellen Mittagssonne jedoch nur undeutlich ausmachen konnte. Aber er hatte ein ungutes Gefühl bei diesem Lkw, ohne jedoch genau sagen zu können, warum. Und dann konnte Toure doch den Fahrer erkennen. Für eine Sekunde erschien es dem Sergent-chef, als trüge der Mann einen Verband um den Kopf, doch dann durchzuckte ihn die Erkenntnis: Er war vermummt, genau wie sein Beifahrer. Eine fürchterliche Vorahnung lähmte ihn für einen Augenblick.

Die Wachposten hatten noch nichts Verdächtiges bemerkt, der Posten an der linken Torseite war seine abgezirkelten Schritte gegangen und machte nun kehrt. Dann blickte er jäh auf und sah dem Laster entgegen. Es war ein Armeelastwagen und er stieß nun eine dichte Rauchwolke aus, als der Fahrer das Gaspedal bis zum Boden durchtrat.

Der linke Posten reagierte genauso, wie es ihm sein Sergent-chef in zahllosen Übungsstunden beigebracht hatte. Halteschilder standen gut 50 Meter vor dem HQ-Tor am Straßenrand. Sie forderten jeden Fahrer dazu auf, Schritttempo einzuhalten. Die letzten dieser Schilder waren kurz vor dem Gebäude zu finden. Die Vorschriften verlangten von den Wachen zu schießen, sollte sich ein Fahrzeug nicht daran halten. Der linke Posten nahm sein Typ 56 mit einem Zucken von der rechten Schulter und richtete den Lauf steil nach oben. Den Finger bereits am Abzug, jagte er einen Schuss aus dem Sturmgewehr in den Himmel, um dem Fahrer unmissverständlich klarzumachen, dass er sofort anzuhalten hatte.

Der Knall des Schusses hallte über die Straße und ließ zwei junge Frauen aufkreischen. Andere Passanten erblickten den Lastwagen und begannen instinktiv zu rennen, aber zu viele blieben wie erstarrt einfach stehen.

»Der Kerl hält nicht an!«, schrie Toure den anderen Posten zu, die von den Ereignissen völlig überrumpelt schienen. Der Sergent-chef nestelte im Laufen am Pistolenholster und versuchte, seine Walther PP zu ziehen. »Schießt, verdammt noch mal! Schießt!«

Der Posten, der bereits sein Gewehr abgefeuert hatte, reagierte sofort. Er warf sich neben dem Betonsockel, auf dem das Wachhäuschen stand, auf den Bauch und schlug das Sturmgewehr im Liegen an. Doch bevor er erneut abdrücken konnte, erreichte der Lastwagen die Betonsperren am Straßenrand.

Mit weit aufgerissenen Augen verfolgte Toure, wie der Laster gegen die Sperre krachte. Der Motor heulte wild auf und die Reifen quietschten, während der Fahrer versuchte, die Kontrolle über sein Fahrzeug zu behalten, während die Betonsperren von dem Aufprall beiseitegeschleudert wurden. Eine der schweren Sperren krachte gegen das Wachhäuschen und tötete den Posten, der daneben auf dem Boden lag.

Der Lastwagen rumpelte weiter und kippte fast auf die rechte Seite, weil die zweite Betonsperre das linke Vorderrad zertrümmert hatte und nun den Lkw blockierte.

Toure hatte endlich die Walther aus dem Holster gezogen, nahm die Pistole in den Anschlag und feuerte zwei Schüsse in die Frontscheibe. Risse im Glas bildeten sich wie ein Spinnennetz nach allen Seiten aus. Das Peitschen der Schüsse löste die Schockstarre der anderen Wachposten. Sie rissen ihre Gewehre von den Schultern und eröffneten ebenfalls das Feuer auf den Lastwagen.

In der Kabine duckte sich der Beifahrer unter den Einschlägen der Kugeln in den Fußraum. Vor ihm auf dem Boden lag die Autobatterie, an der ein Kasten befestigt worden war. Oben auf dem Kasten befand sich ein roter Hebel, der nur in die Klemme gedrückt werden musste, um ihn ins Paradies zu Allah und den Huris zu befördern. Und was ihn im Paradies erwartete, dass hatte der Imam dem Märtyrer genau erklärt. Voller Verzücken hatte er den blumigen Worten des Geistlichen gelauscht, der ihm in vielen Details geschildert hatte, mit welchen Diensten ihm die lieblichen Huris im Paradies seine Tat danken würden. Die Augen des Märtyrers hatten Tränen darüber vergossen, welche Gnade und Ehre ihm Allah zuteilwerden ließ. Dass er von skrupellosen Machtmenschen, die nur ihre eigenen Ziele verfolgten, einer Gehirnwäsche unterzogen worden war, konnte er nicht ahnen.

»Allah wird mich mit Gnaden aufnehmen«, murmelte der junge Mann, während er den roten Hebel fest umklammerte. »Allahu Akbar!«

Was dann geschah, packte Toure mit ungeheurer Gewalt. Es kam dem Sergent-chef so vor, als blende ihn das stärkste Blitzlicht der Welt. Das furchtbare Brüllen, das dem Licht folgte, war zu viel für die Trommelfelle des Sergent-chef; sie platzten, bevor er nach hinten flog, über den Boden geschleudert wurde und blutend an der Wand zur Garage zur Ruhe kam.

Greller Schmerz durchzuckte Toure. Er bekam nicht mit, wie die Vorderfront des Armeehauptquartiers hinter ihm zusammensackte. Sehen konnte er auch nichts mehr, denn eine riesige Wolke aus Schutt und Staub stand dort, wo gerade noch der grelle Lichtblitz aufgeleuchtet war. Der Staub verhüllte auch jene Flecken, die man erst später an der Betonwand vor dem HQ entdecken sollte. Sie hatten eine seltsam rostbraune Färbung und verrieten, dass hier die drei anderen Wachposten gegen die Wände geblasen und zerschmettert worden waren. Das Armeehauptquartier der malischen Streitkräfte war schwer beschädigt worden. Unter den Trümmern lagen weitere elf Tote und rund 30 Verletzte. Auf der Straße vor dem HQ waren 19 Zivilisten getötet und etwa 50 weitere verletzt worden.

Doch davon ahnte der Sergent-chef nichts. Taub und benommen lag er da, der Staub raubte ihm den Atem. Er konnte immer noch nichts sehen und nur anhand der Erschütterungen nahm er überhaupt wahr, dass Ziegel und Betonteile auf den Boden fielen, als auch noch der zweite Stock des Gebäudes auf den Vorplatz stürzte.

Über und über mit Staub bedeckt, stützte sich Toure an der Wand der Garage ab und stemmte sich mühsam auf die Beine. Blut tropfte von seinem aufgeschlagenen Kinn, den aufgeschürften Armen und Beinen. Wie betrunken torkelte er an der Wand entlang und lehnte sich dagegen, weil er spürte, dass er jeden Moment umzufallen drohte. Erst jetzt nahm er wahr, dass sein linker Arm gebrochen und schlaff von ihm herabhing.

Soldat Diabaté, ebenfalls mit Dreck überzogen, taumelte aus der Staubwolke auf seinen Sergent-chef zu.

»Chef!«, stieß der junge Soldat hustend hervor. »Chef! Was ist passiert?«

Diabaté erkannte, dass Sergeant Toure aus den Ohren blutete und verletzt war. Er bedeutete seinem Vorgesetzten, sich hinzusetzten und stützte ihn, als dieser stöhnend auf den Boden sank.

Die Lippen des Sergent-chef bewegten sich und Diabaté musste sich vorbeugen, um die Worte zu verstehen.

»Diese Schweine«, röchelte Toure. »Diese verfluchten Schweine. Das habt ihr nicht umsonst getan, ihr Hurensöhne!«

Der junge Soldat sah sich nach Hilfe um.

Über ihnen erhob sich eine gewaltige graue Wolke in den Himmel.

Camp Castor, Gao, einige Tage später

Die MP7 bellte einen kurzen Feuerstoß hinaus. Die 4,6-Millimeter-Geschosse rissen drei winzige Löcher in den Brustbereich der Zielscheibe.

»Ja!«, rief Kristina begeistert aus, als sie sah, wie vortrefflich ihr Feuerstoß im Ziel lag. Sie sicherte und ließ die Waffe sinken. Triumphierend drehte sie sich zu ihrem Ausbilder um.

Volkmann, der mit vor der Brust verschränkten Armen dastand, nickte ihr zu.

»So weit, so gut. Triff dreimal in Folge so wie jetzt, dann sage ich sogar *sehr gut.*«

Kristina blickte ihn vorwurfsvoll an.

»Du bist manchmal unerträglich, Digger.«

»Man kann von dir erwarten, dass du das Ziel triffst, Kristina. Dafür wurdest du ja schließlich ausgebildet.« Er lächelte sie warm an. »Versuch es nochmal.«

Kristina senkte die Maschinenpistole, ließ sie am Tragegurt baumeln. Beide trugen neben Stiefeln, Tarnhosen und T-Shirts nur noch ihre Buschhüte. Es war spät am Abend und die Range war fast leer. Weiter entfernt übte sich nur der BAT im Pistolenschießen.

Kristina machte sich bereit, riss die MP nach oben, entsicherte in der gleichen Bewegung, brachte die Waffe in Anschlag und stanzte drei weitere Löcher in die Brust des Pappkameraden.

»Oh, ja!«

Volkmann grinste über ihre Begeisterung.

»Nicht schlecht. Einmal noch.«

»Und was bekomme ich, wenn ich treffe?«, fragte sie ihn schelmisch und sah direkt in seine Augen.

»Was willst du denn haben?«, fragte er, ehe ihm dämmerte, was er da eigentlich sagte.

»Lass dich überraschen, Digger«, meinte sie kokett.

Ich und meine große Klappe, dachte Volkmann.

Kristina senkte die MP wieder und ging in Stellung.

Für einen Moment war der Feldwebel ernsthaft versucht, ihre Konzentration irgendwie zu stören und sich anschließend mit realistischen Übungsbedingungen herauszureden, aber das wäre nicht besonders fair gewesen.

Kristinas Hand glitt zur Waffe, zog sie in Schussposition, ihr Daumen entsicherte bereits, während der Lauf nach oben kam. Das Ganze lief instinktiv ab – so wie es sein sollte. Ihre linke Hand packte zu, die MP war in Schussposition. Drei Schüsse peitschten los.

Kristina sicherte, senkte die Waffe wieder, bis sie am Gurt baumelte, und drehte sich zu ihm um. Ein strahlendes Lächeln lag auf ihrem Gesicht. Volkmann spürte, wie sein Herz einen kleinen Hüpfer vollführte. Er mochte ihr Lächeln wirklich.

»Uuuund?«, fragte sie langgezogen.

»Sehr gut«, lobte Volkmann. »Aber du hast auf den Kopf geschossen.«

Die drei Löcher lagen genau um die Nase des Ziels.

»Getroffen ist getroffen. Versuch jetzt ja nicht, dich irgendwie da raus zu reden, Digger!«, empörte sich Kristina und trat auf ihn zu, blieb erst innerhalb seiner persönlichen Schutzzone stehen.

»Ein Mann, ein Wort.« Er hob kapitulierend die Hände. »Also, was soll es denn nun sein? Soll ich deine MP reinigen?«

»Von wegen! So leicht kommst du mir nicht davon, mein Lieber! Da fällt mir etwas viel Besseres ein«, meinte sie mit einem hintergründigen Lächeln.

Genau das befürchte ich, dachte der Feldwebel. Zwischen ihnen herrschte eine gewisse gegenseitige Anziehung, das war keine Frage. Aber Volkmann war sich unsicher, ob er die von ihr ausgehenden Signale auch richtig deutete. Auf gar keinen Fall wollte er etwas tun, was die gute Beziehung zwischen ihnen zerstören könnte …

»Feldwebel Volkmann!«

Noch nie war Volkmann für diese Fistelstimme so dankbar gewesen.

»Herr Hauptmann?«

Während er sich umdrehte, trat Kristina neben ihn und sagte mit leiser Stimme: »Da wurdest du noch mal vom Gong gerettet, Digger.«

Ja, dachte Volkmann. *Aber ich frage mich, ob ich dafür wirklich dankbar sein sollte.*

Hauptmann Boiger stand mit in die Hüften gestemmten Händen neben den Tischen, auf denen sonst die Waffen bereitlagen. Seine verspiegelte Sonnenbrille hing auf der Nasenspitze, über die er die beiden Unteroffiziere eingehend betrachtete.

»Was kann ich für Sie tun, Herr Hauptmann? Wollen Sie eine Auffrischung im Pistolenschießen?«, fragte Volkmann forsch.

»Ähm, nein danke, Feldwebel, das ist nicht nötig.« Unwillkürlich berührte Boiger seine Pistole im Beinhalfter. »Ich wollte Ihnen nur mitteilen, dass für Morgen um 0800 kurzfristig eine Patrouille angesetzt wurde. Kam gerade vom FHQ in Bamako. Leutnant Yilmaz habe ich bereits informiert. Hauptmann Bamba ist ebenfalls bereits im Bilde.«

»Verstanden, Herr Hauptmann. Patrouille um 0800. Wohin soll es gehen?«

»Nach Norden, in Richtung Bourem. Gehen Sie in die Dörfer, reden Sie mit den Leuten und versuchen Sie, so viele Informationen wie möglich zu sammeln. Vielleicht weiß ja jemand etwas über den Anschlag auf das malische Armee-HQ.«

»Verstanden, mit den Leuten reden und Informationen sammeln«, bestätigte Volkmann.

»Ich gehe davon aus, dass ich ebenfalls an der Patrouille teilnehme, Herr Hauptmann?«, fragte Kristina nach.

»So ist es, Oberfeldwebel.«

»Dann sollte ich mich mal aufmachen und alles für morgen vorbereiten«, meinte Volkmann und nickte beiden zu. »Herr Hauptmann. Frau Oberfeldwebel.«

Boiger nickte knapp, während Kristina ihm freundlich zulächelte. Der Feldwebel drehte sich um und strebte auf die endlosen Containerreihen zu.

»Wenn Sie mich ebenfalls entschuldigen würden, Herr Hauptmann«, sagte Kristina rasch und wollte Volkmann nachgehen, doch Boigers Stimme hielt sie zurück.

»Einen Moment bitte noch, Oberfeldwebel.« Boiger neigte den Kopf und sah sie forschend an. »Sie waren in letzter Zeit oft mit Volkmann unterwegs oder nicht?«

Kristinas Augenbrauen zogen sich missbilligend zusammen und sie spürte, wie ihre gute Laune schlagartig verflog.

»Wie genau meinen Sie das, Herr Hauptmann?«

»Sie beide sind in letzter Zeit sowohl während wie auch außerhalb der Dienstzeiten immer wieder zusammengesehen worden, Oberfeldwebel.«

Kristina hatte bereits eine scharfe Erwiderung auf den Lippen, schluckte sie aber runter und zuckte nur mit den Schultern.

»Feldwebel Volkmann hat mir – auf meinen Wunsch hin – eine Auffrischung an der MP7 gegeben.«

»Darauf wollte ich nicht hinaus, Oberfeldwebel.« Boiger wirkte mit einem Male unsicher und etwas linkisch. »Es muss sehr schwer für eine Frau sein, unter lauter Männern Dienst zu tun. Besonders für eine so hübsche Frau, wie Sie es sind.«

»Ich kann sehr gut auf mich selbst aufpassen, Herr Hauptmann«, schnappte Kristina in einem weit schärferen Ton, als sie eigentlich beabsichtigt hatte. »Besonders, dank der Schießausbildung, die mir Feldwebel Volkmann vermittelt hat.«

Boiger zuckte zurück, als habe er einen Stromschlag erhalten. »Ich versichere Ihnen, ich hatte nicht die Absicht, Ihnen irgendwie zu nahe zu treten …«

»Wenn Sie mich nun entschuldigen wollen, Herr Hauptmann. Ich habe morgen eine Patrouille und noch viel vorzubereiten.«

Wütend und zugleich verwirrt, im Zwiespalt mit ihren eigenen Gefühlen, fuhr Kristina herum und stakste auf die Wohncontainer zu.

Was war nur los mit ihr?

Sie hatte eindeutig zu heftig reagiert. Wahrscheinlich hatte sie viel mehr in Boigers Worte interpretiert, als der Hauptmann überhaupt beabsichtigt hatte.

Sie sah über die Schulter zurück. Hauptmann Boiger blickte ihr sichtbar verstört hinterher, blieb noch einen Moment lang unschlüssig stehen und ging dann zum BAT hinüber. Kristina zuckte innerlich mit den Achseln. Nun, das war Boigers Problem.

Sie verdrängte den Hauptmann aus ihren Gedanken und beschäftigte sich wieder mit Digger. Was sollte sie sich für das Bestehen beim MP-Schießen von ihm wünschen? Das war etwas, über das es sich wirklich nachzudenken lohnte …

Am nächsten Tag

»Ist das eine verdammte Hitze!« stöhnte Tom. »Und das schon am frühen Morgen.«

»Mensch, Tom, das ist doch wahrhaftig keine Neuigkeit mehr«, nörgelte Jewgeni, während er seine Ausrüstung in den Transportpanzer vom Typ Fuchs packte.

»Wenn es so früh am Morgen schon derart heiß ist, dann kommt garantiert auch noch einer der berüchtigten Sandstürme hinterher. Oder was meinst du?«, richtete Tom seine Frage an Matze.

»Kann schon sein«, gab der kurz angebunden zurück.

»Welche Laus ist dir denn über die Leber gelaufen?«

»Er hat beim Kartenspielen haushoch gegen Jean verloren«, erklärte Piet.

»Oha.«

»Seid ihr Saubande schon wieder am Meckern?«, erkundigte sich Feldwebel Volkmann, während er seine Ausrüstung im Fuchs unterbrachte.

Seine fünf Männer tauschten kurze Blicke aus.

»Wir doch nicht, Chef«, meinte Jewgeni dann.

Mittlerweile beherrschte der Hochsommer das Land, das in der Hitze förmlich zu kochen schien. Keine einzige Wolke war mehr am Himmel zu sehen, aus dem die Sonne Tag für Tag aus einem leuchtenden, gleichbleibenden Blau unbarmherzig herabstrahlte. Die sengende Hitze setzte Menschen und Maschinen gleichermaßen zu. Auch die über die Fahrzeuge gespannten Zeltbahnen konnten nicht verhindern, dass diese immer wieder aufgrund der hohen Temperaturen ausfielen. Gleich zwei Dingos hatten sie an diesem Morgen im Motorpool stehen lassen müssen, sie waren nicht einsatzbereit. Die neuen, großen Boxer, die endlich mit einer leistungsfähigeren Klimaanlage ausgerüstet worden waren, wurden immer noch nicht für Einsätze freigegeben, weil wieder einmal besondere deutsche Richtlinien noch zu erfüllen waren wie etwa die Vorgabe, dass die Truppentransporter beim Zurücksetzen piepen sollten wie ein Müllaster. Solche Umbauten waren immer noch eines der höchsten Anliegen der Damen und Herren im Verteidigungsministerium. Denn natürlich galten auch in einem fernen Land wie Mali für die Bundeswehr die deutschen Vorschriften aus Friedenszeiten. Das auf dem Kasernengelände am Niger der Müll getrennt und von den Feldjägern auch mal ein Fahrzeug mit der Radarpistole geblitzt wurde, dass verstand sich von selbst. Ordnung musste schließlich sein, auch beim Einsatz im Ausland. Und wenn die rigorose Anwendung dieser Vorschriften zur Folge hatte, dass die Soldaten mit weniger gut geschützten Fahrzeugen in den Kampf zogen – nun, was kümmerte das einen kleinlichen Paragrafenreiter im fernen Bonn oder Berlin?

Die Angehörigen der malischen Spezialkräfte scherten sich um solche Dinge wie Vorschriften natürlich herzlich wenig. Capitaine Bamba, der Zugführer, tat einfach das, was er für nötig hielt, um seine Leute mit Fahrzeugen auszustatten. Seine Position innerhalb des malischen Militärs ermöglichte ihm den Zugriff auf zwei der aus Südafrika stammende RG-31 Nyala. Von diesen vierrädrigen Geländefahrzeugen verfügten die Streitkräfte Malis insgesamt nur über fünf Stück, was eindeutig bewies, welche Wertschätzung der Capitaine beim Oberkommando genoss. Die Fahrzeuge waren durchaus mit den deutschen Dingos vergleichbar: Sie boten einen guten Schutz gegen Feuer aus Infanteriewaffen sowie Landminen und Sprengfallen. Bewaffnet waren die beiden RG-31 mit je einem schweren 12,7 Millimeter-Maschinengewehr M2, das in einer auf dem Dach befindlichen Lafette montiert und von stählernen Schutzschilden umgebenen war.

Neben dem Capitaine und seinem Adjutanten, jenem Sergent-chef, der ihn bereits beim Besuch der Schießbahn begleitet hatte, befanden sich auch Keita und dessen fünf Männer vor Ort. Bamba hatte die Geländefahrzeuge samt Fahrern erhalten, sodass seine kleine Truppe nun über insgesamt zehn Männer verfügte. Diese waren zur Stunde ebenfalls damit beschäftigt, die beiden RG-31 auf die Patrouille vorzubereiten und zu beladen.

Die Deutschen stimmten ohne Ausnahme darin überein, dass ihr technischer Offizier sie niemals hätte ziehen lassen, hätten sie ihre Fahrzeuge derart überladen, wie die Malier es taten. Diese packten Kanister mit Wasser und Treibstoff, Ersatzreifen, Werkzeug, Kästen mit Munition und Ausrüstung nicht nur ins Innere, sondern auch aufs Dach und an die Flanken der RG-31. Etwas Vergleichbares hatten die Deutschen bisher höchstens im Film gesehen, wenn ein Trupp wagemutiger Abenteuer zu einer neuen Expedition ins Unbekannte aufbrach.

»Gut, dass unser TO das nicht mitansehen muss. Den würde doch glatt der Schlag treffen«, witzelte Matze, woraufhin die anderen Männer des Trupps in Gelächter ausbrachen.

Seitdem die Boxer und die beiden Dingos nicht mehr zur Verfügung standen, beteiligten sich die Deutschen nur noch mit zwei Fuchs-Panzern an der Patrouille. Einer der sechsrädrigen Transportpanzer war für den beweglichen Arzttrupp vorgesehen. Neben dem Balkenkreuz und der UN-Kennung trug das Fahrzeug auch noch das rote Kreuz auf der Flanke. Laut den Experten im Verteidigungsministerium sollte dieses Zeichen auf geradezu magische Art und Weise einen besonderen Schutz verleihen. Den praktischen Erfahrungen der Soldaten nach nahmen die Aufständischen unbewaffnete Sanitätspanzer mit Vorliebe unter Beschuss. Ein Panzerfahrzeug, das nicht in der Lage war, sich zu verteidigen, war eben ein verführerisch leichtes Ziel.

Der zweite Fuchs trug auf dem Rumpf eine 40-Millimeter-Granatmaschinenwaffe GMW40 in einer Waffenstation vom Typ FLW200, die vom Truppenabteil aus ferngesteuert wurde. Zudem verfügte dieses Fahrzeug über einen Störsender, der das Fernzünden versteckter Sprengfallen verhindern sollte.

»Zusammen mit den beiden Maschinengewehren der RG-31 sollten sie somit über genug Feuerkraft verfügen, um mit allem fertig zu werden«, führte Hauptmann Boiger aus. Der Einsatzoffizier war persönlich erschienen, um eine letzte Besprechung vor den Fahrzeugen abzuhalten.

Hauptfeldwebel Neubert jedoch war anderer Ansicht.

»Nach dem Ausfall der beiden Dingos fehlt der Patrouille ein erheblicher Teil ihrer Feuerkraft«, erinnerte Neubert den Einsatzoffizier. »Sollten wir nicht lieber zusätzliche Kräfte als Verstärkung hinzuziehen?«

»Das wird kaum nötig sein, Spieß«, gab Boiger zurück, ein wenig pikiert darüber, dass der Unteroffizier an seinen Ausführungen herummäkelte.

»Ich finde, Hauptfeldwebel Neubert hat völlig recht«, warf Leutnant Yilmaz ein. »Sie haben in der gestrigen Besprechung doch selbst auf die hohe Gefahrenlage hingewiesen, Herr Hauptmann. Angesichts dieser Umstände sind wir ein wenig zu dünn aufgestellt.«

»Wir haben aber leider nicht die Zeit, um weitere Verstärkungen hinzuzuziehen, Leutnant.« Boiger zuckte bedauernd mit den Achseln. »Das FHQ in Bamako hat extra auf die besondere Dringlichkeit dieses Einsatzes hingewiesen. Man ist dort wegen des Anschlages auf das malische Armee-HQ ziemlich aus dem Häuschen.«

»Bei allem Respekt, Herr Hauptmann, wir haben jede Menge Zeit«, warf Feldwebel Volkmann ein. »Ich schätze mal so drei Stunden. Mindestens.«

»Darf ich fragen, wie Sie darauf kommen, Feldwebel Volkmann?«, fragte Boiger weit spitzer, als er es beabsichtigte. Der Hauptmann war immer noch ein wenig aufgewühlt ob der Geschehnisse vom Vorabend. Leider hatte Oberfeldwebel Wolff seine Äußerungen völlig falsch verstanden und er hatte das Missverständnis bedauerlicherweise noch nicht aufklären können. Und so betrachtete Boiger den Feldwebel nun leicht herausfordernd.

»Nun?«

»Na deshalb«, gab Volkmann mit einem Lächeln zurück und deutete mit dem rechten Daumen über seine Schulter.

Boiger machte ein perplexes Gesicht.

Aufgetürmt bis zu fast einem Kilometer Höhe rollte eine riesige Wand aus Staub vom östlichen Horizont her auf Camp Castor zu.

»Da hast du endlich deinen gewünschten Sandsturm«, sagte Jewgeni zu Tom.

Der Angesprochene brummte nur etwas Unverständliches.

Boiger sah Volkmann an und schüttelte den Kopf. »Sie mal wieder«, seufzte der Hauptmann und machte sich ohne ein weiteres Wort davon.

»Mein Freund, der Capitaine kann dich nicht leiden«, stellte Keita das Offensichtliche fest.

»Das war schon immer so. Keine Ahnung, warum«, antwortete Volkmann.

»Das sollte doch klar sein. Du und ich, wir sind echte Krieger«, verkündete Keita mit geschwollener Brust. »Er hingegen ist keiner. Er ist nur ein Buchhalter.«

Volkmann warf seinem malischen Freund einen schrägen Blick zu. »So einfach ist das also, ja?«

»Natürlich.«

Es war ein ganz besonderes Schauspiel, das sich ihnen nun bot. Habub nannte man in diesem Teil der Welt die Sandstürme, die zwischen Mai und September immer wieder aus der Sahara über das Land fegten. Sie entstanden, wenn der Monsunwind auf trockene Luftschichten stieß. Abwinde der Gewitterfront wirbelten gewaltige Mengen Sand auf, die bis zu 900 Meter hoch in den Himmel gerissen wurden und die Landschaft stetig veränderten.

Ein Teil der Soldaten brachten schnell technische Geräte in Sicherheit, während andere ihre Handys und Fotoapparate hervorholten, um Schnappschüsse anzufertigen. Solche spektakulären Anblicke wurden einem im Europa schließlich nicht geboten.

Dann wurde es jedoch Zeit für alle, in Deckung zu gehen. Bei Windgeschwindigkeiten zwischen 80 und 100 Kilometer pro Stunde, ähnelte der Habub praktisch einem Sandstrahler.

Das ganze Camp wurde in gespenstisches rot-braunes Licht getaucht. Der Himmel verdunkelte sich und die Sichtweite schrumpfte binnen Minuten auf wenige Meter zusammen. Der Wind heulte und tobte wie irr. Trotz der umgebundenen Halstücher und Shemagh drang der feine Sand in Mund, Nase und Ohren ein, brannte trotz der Schutzbrillen in den Augen. Der Tag wurde zur Nacht, nur ab und zu drang schwacher Sonnenschein durch die aufgewirbelten Sandmassen.

Die Angehörigen der Patrouille flüchteten in die Zelte der Werkstätten und warteten dort auf das Ende des rasenden Sturms. Volkmann hatte mit seiner Schätzung fast richtig gelegen, denn nach zwei Stunden und 40 Minuten ließ der Habub so plötzlich nach, wie er aufgetreten war. Der Anteil an Sandpartikeln in der Luft verringerte sich stetig. Lehrbuchmäßig folgte dem Sandsturm das Gewitter mit starkem Regen, das die

Abwassergräben füllte und die Temperaturen innerhalb einer Stunde von 41 auf 23 Grad herunterdrückte.

Gierig sog der Boden die Wassermassen auf. Gewaltige Blitze zuckten über das Lager hinweg und schwere Donnerschläge wie von Artilleriefeuer erschütterten das Camp.

»Na toll, jetzt fällt uns auch noch der Himmel auf den Kopf!«, beschwerte sich Stitch.

»Beim Teutates!«, fügte Piet als alter Fan und Sammler der Asterix-Comics hinzu, was bei seinen Kameraden für breites Grinsen sorgte.

Hauptfeldwebel Neubert stand zusammen mit Leutnant Yilmaz und Feldwebel Volkmann am Eingang des großen Zelts.

»Siehst so aus, als würde der Sturm bald nachlassen«, meinte Neubert mit prüfendem Blick in den Himmel. »Aber nach dem sintflutartigen Regen dürfte die Route National 8 im Moment praktisch unpassierbar sein.«

»Wahrscheinlich«, stimmte Yilmaz dem Hauptfeldwebel zu. »Am vernünftigsten wäre es, wenn wir noch einige Stunden warten. Dann kann die Sonne den Boden wieder etwas trocknen.«

Bevor die letzten Regentropfen gefallen waren, kehrte Hauptmann Boiger zu den Mitgliedern der Patrouille zurück. Leutnant Yilmaz trug dem Hauptmann sein Anliegen vor, doch sagte diesem der Vorschlag erwartungsgemäß gar nicht zu.

»Das ist völlig inakzeptabel, Leutnant«, meinte Boiger kopfschüttelnd. »Wir hängen dem Zeitplan schon jetzt fast fünf Stunden hinterher! Das FHQ in Bamako wird weitere Verzögerungen ganz sicher nicht hinnehmen.«

Leutnant Yilmaz betrachtete den Hauptmann mit einem langen, hintergründigen Blick aus seinen dunklen Augen.

Boiger atmete daraufhin tief durch und hob die Arme.

»Ich verstehe Sie ja, Leutnant. Es mag Sie überraschen, aber ich stimme sogar mit Ihnen überein. Ich habe versucht, dem Hauptquartier die Lage klar zu machen, bin damit aber gescheitert. Man besteht darauf, dass die Befehle ausgeführt werden.«

Yilmaz, Neubert und Volkmann wechselten einen verwunderten Blick. Der Hauptmann hatte dem FHQ Bamako widersprochen?

»Meine Herren, wenn Sie es bis nach Bourem schaffen sollten, dann gut. Wenn nicht, ist das für mich ebenfalls völlig in Ordnung«, sagte Boiger und sah jedem der Männer kurz in die Augen. »Benutzen Sie im Zweifelsfalle den gesunden Menschenverstand. Und seinen Sie um Himmels Willen vorsichtig da draußen. Verstanden?«

»Jawohl, Herr Hauptmann.«

Yilmaz, Neubert und Volkmann grüßten.

Boiger erwiderte den Gruß betont lässig und verabschiedete sich.

Erneut wechselten Yilmaz, Neubert und Volkmann einen vielsagenden Blick. Zuerst legte sich Hauptmann Boiger mit Bamako an und jetzt war es für ihn in Ordnung, wenn sie das Ziel der Patrouille nicht erreichten? Wunder über Wunder.

»Scheint so, als wäre dem verehrten Herrn Hauptmann plötzlich ein Arsch in der Hose gewachsen«, befand Neubert.

»Na, ich bitte Sie, Hauptfeldwebel!« Leutnant Yilmaz hob tadelnd den Zeigefinger, aber er lächelte dabei. »Das möchte ich jetzt nicht gehört haben!«

»Wie Sie wünschen, Herr Leutnant.« Neubert salutierte. »Passen Sie bloß auf sich auf. Ich behalte derweil Boiger im Auge. Nicht, dass der sich noch mal mit Bamako anlegt.«

Yilmaz lachte auf. »Machen Sie das, Spieß! Also los, Leute! Bringen wir den Zirkus mal auf die Straße!«

Nördlich von Gao, Route Nationale 8

Die Patrouille folgte der RN8, jener Straße, die am Fluss Niger entlang von Gao bis ins knapp 100 Kilometer entfernte Bourem im Norden führte. Wobei »Straße« mehr im weiteren Sinne zu verstehen war, denn die Piste bestand nur aus festgefahrenem Schotter und Lehm. Wie befürchtet hatten sich durch den starken Regen stellenweise große Schlammbecken auf ihr gebildet. Das erschwerte das Vorankommen erheblich und bedeutete weitere Verzögerungen.

Der Störsender des Fuchs – der sogenannte Jammer – arbeitete unentwegt, um eine schützende Glocke um die deutschen und malischen Fahrzeuge zu legen. Ob improvisierte Sprengfallen – kurz IED – bei dieser Wetterlage wirklich ausgelegt worden waren, konnte nicht vorausgesagt werden, daher galt es, das Risiko zu minimieren. Zu viele Soldaten der MINUSMA waren bereits durch die unkonventionellen Spreng- und Brandvorrichtung getötet oder verstümmelt worden.

Als die Sonne langsam im Westen versank, hatten sie erst knapp 15 Kilometer zurückgelegt.

»Dusu Eins an Dusu Drei. Over«, erklang die Stimme von Hauptmann Bamba über Funk. Der Capitaine benutzte das vereinbarte Rufzeichen im Bambara-Dialekt, was »Herz« bedeutete.

»Dusu Drei an Dusu Eins. Bin auf Empfang. Over«, antwortete Leutnant Yilmaz im ersten Fuchs.

»Dusu Eins. Wir sollte es für heute gut sein lassen. Eine Weiterfahrt wäre in der Dunkelheit zu gefährlich. Over.«

»Dusu Drei. Einverstanden. Over.«

»Dusu Eins. Okay, wir stoppen dort vorne auf dem Hügel mit dem Buschwerk. Over and Out.«

Die beiden RG-31 und die Transportpanzer hielten an der bezeichneten Stelle an und bildeten einen Kreis. Der Hügel gestattete ihnen eine gute Sicht auf das Umland und bot zudem eine leicht zu verteidigende Position, von der aus sie die Straße kontrollieren konnten.

Bamba und Yilmaz teilten die Sicherungsposten ein. Drei Mann standen auf Wache, während die anderen ihr Abendessen zu sich nahmen. Die Soldaten tranken dazu Wasser oder die heiß begehrten ISO-Getränke.

»Will jemand mit mir tauschen?«, fragte Piet nach einem Blick auf seine Ration. »Ich habe hier Ravioli anzubieten.«

»Wenn du lieber Linseneintopf haben möchtest, dann gerne«, sagte Jewgeni.

»Okay, her damit.«

Der Russlanddeutsche stand auf und ging zu Piet hinüber, um mit ihm zu tauschen.

»Jewgeni!«, rief Volkmann dem Stabsgefreiten hinterher. »Hast du da nicht etwas vergessen?«

Seine Waffe zum Beispiel. Die hatte er natürlich liegen lassen. Jewgeni nagte an seiner Unterlippe und sah sich hilfesuchend nach seinem Kumpel Stitch um.

»Ähm, wärst du so freundlich, mir meinen Karabiner zu reichen, Stitch?«

»Welchen Karabiner denn? Sind wir hier beim Bergsteigen? Ach, du meinst das hier?« Stitch hob die auf dem Rucksack abgelegte Waffe auf. »Das ist kein Karabiner. Das ist ein Gewehr. Als mein Opa noch jünger war als wir heute, da hat man ihm einen Karabiner – einen Karabiner 98k übrigens – in die Hand gedrückt, und ihn damit an die Ostfront verfrachtet.« Stitch klatschte auf das Griffstück. »Das hier ist das Gewehr 36 von Heckler & Koch. Und was Digger dir freundlich in Erinnerung rufen wollte: Das solltest du nicht in der Gegend herumliegen lassen, sondern immer am Mann tragen.«

Die anderen ringelten sich vor Lachen und sogar Capitaine Bamba und Leutnant Yilmaz konnten ein Schmunzeln nicht unterdrücken. Der Russlanddeutsche jedoch war nicht bereit, die Kritik seines Freundes einfach so kampflos hinzunehmen.

»Hat dir schon mal jemand vorgeworfen, ein kleinlicher Spießer zu sein, Stitch?«

»Klar. Meine Ex.« Das böse Grinsen des Stabsgefreiten erstickte jeden weiteren Lacher bereits im Ansatz. »Weil ich absolut kein Verständnis für ihren langhaarigen Liebhaber aufbringen wollte, mit dem ich sie in flagranti in unserem Ehebett erwischt habe.«

»Oh«, war das Intelligenteste, was Jewgeni dazu einfiel. »Ist nicht so gut ausgegangen, wie?«

»Er verlor drei Zähne, ich eine Ehefrau und den Hund. Um den Hund hat es mir richtig leidgetan, war ein liebes Tier«, brummte Stitch, zog ein Päckchen Zigaretten aus der Tasche und steckte sich ein Stäbchen an.

Er war zwei Tage früher vom Auslandseinsatz nach Hause gekommen, um seine Frau zu überraschen. Als er die Tür aufschloss, vernahm er bereits die verzückten Laute. Er ignorierte das freudige Bellen von Leon, raste ins Schlafzimmer und erwischte seine Frau und ihren Liebhaber mitten in der Action. Sie kreischte sofort drauflos, zog sich die Bettdecke über, als ob er sie nie zuvor nackt gesehen hätte. Und der verdammte langhaarige Kerl sprang aus dem Bett und genau in seine Faust. Zweimal. Einen kleinlichen Spießer nannte sie ihn, während der Kerl nur dahockte und seine Zähne einsammelte. Dummerweise war das Langhaar ein windiger Rechtsverdreher, der die Scheidung auf übelste Art und Weise durchboxen wollte. Zum Glück für Stitch, zeigte wenigstens der Richter etwas Verständnis.

Der Stabsgefreite ließ die halb angerauchte Kippe fallen, trat sie aus und steckte den Stummel dann in die leere TicTac-Box, die wieder in die Beintasche wanderte.

Stitch also auch, dachte Volkmann bei sich. Der Einzige in seinem Bekanntenkreis mit einer funktionierenden Ehe war Markus Neubert. Und daran hatte Sabine, seine Ehefrau, wahrscheinlich großen Anteil, denn auch sie war Soldatin gewesen. Neubert hatte sie damals im Einsatz in Afghanistan kennengelernt. Sabine war zu diesem Zeitpunkt Sanitäterin gewesen und kannte all die Probleme, die bei monatelanger Trennung entstehen konnten.

Volkmann blickte in den Nachthimmel. Unzählige Sterne leuchteten am Firmament. Die sich ihm bietende Szenerie erinnerte ihn an Afghanistan, wo die Lichtpunkte der fernen Sonnen im Vergleich zu den Nächten in Europa ebenfalls unnatürlich hell erschienen. Afghanistan. Seine Verlobte hatte er dort kennengelernt. Ramona war damals Schreiberin beim evangelischen Militärpfarrer gewesen, eine stille, ja schüchterne junge Frau. Die Gespräche mit ihr taten ihm gut, denn der harte Einsatz in Afghanistan und die Kämpfe nahmen ihn sehr mit. Nach seiner schweren Verwundung schrieben sie sich täglich oder telefonierten miteinander. An ihrem zweiten Jahrestag verlobten sie sich dann und machten große Pläne für die Zukunft.

Kurz darauf wurde bei Ramona Krebs festgestellt. Auch wenn man es ihr nicht sofort angesehen hatte, so war sie doch eine Kämpferin gewesen. Monatelang wehrte sie sich tapfer gegen den Krebs und die verfluchte Chemotherapie, welche die heimtückische Krankheit nur unwesentlich schneller umbrachte als den Patienten. Und dann war sie an einem regnerischen Nachmittag in seinen Armen für immer eingeschlafen. Aus seinem Leben gerissen, von der gleichen Krankheit, die schon seine Eltern geholt hatte.

Volkmann ertrug das Mitleid seiner Mitmenschen nicht, floh vor ihren Eltern und seinen Freunden in eine neue Stammeinheit und in Auslandseinsätze, schottete sich selbst vor seinen Gefühlen ab. Für mehr als 20 Monate klappte das ganz gut.

Und dann hatte ihn das Duo Sternberg-Neubert für den Einsatz in Mali angefordert. Wo er Kristina Wolff begegnen musste. Und plötzlich kämpften sich all die verdrängten Gefühle wieder an die Oberfläche. Ein Teil seines Verstandes sagte ihm, dass er ein verdammter Narr sei. Auf der einen Seite fürchtete er, ihre Signale falsch gedeutet zu haben, auf der anderen wünschte er sich, das möge nicht der Fall sein. Er seufzte. Warum musste das Leben nur immer so verdammt kompliziert sein?

»In Ordnung, Leute!«, rief Capitaine Bamba. »Morgen müssen wir früh raus! Haut euch jetzt hin. Wachwechsel alle zwei Stunden.«

Einige Stunden später

Die Nachtruhe endete mit einem panischen Aufschrei von Tom.

»Verfluchte Scheiße!«, brüllte der Mannschafter, sprang aus seinem Schlafsack, riss die Pistole aus dem Halfter und zielte auf seine Schlafstätte.

Überall regten sich Menschen, Waffen wurden gegriffen und wachsame Augen suchten die Umgebung nach möglichen Bedrohungen ab.

»Alter, was ist denn dein Problem?«, wollte Jewgeni schlaftrunken wissen, während er sein Gewehr – keinen Karabiner – an die rechte Schulter zog.

»Da war was in meinem Schlafsack, verdammt noch Mal!«, giftete Tom aufgebracht und ließ die Pistole langsam wieder sinken.

Jean hängte sich sein Typ 56 wieder über die Schulter und hob den Schlafsack hoch. Darunter kam eine knapp 15 Zentimeter große Spinne zum Vorschein.

»Das ist nur eine Kamelspinne«, kicherte Jean amüsiert. »Willst du die etwa erschießen?«

Während Tom vor Scham rot anlief, gackerten die anderen verschlafen.

Kamelspinnen – eigentlich Walzenspinnen – lebten meist in Trockengebieten. Die Soldaten mochten diese Biester nicht besonders. Ihr Biss war zwar für den Menschen nicht tödlich, aber doch sehr schmerzhaft, und konnte große Schwellungen durch Infektionen hervorrufen. Aber das war alles andere als tröstlich, wenn man in der Dunkelheit auf Wache stand und unvermittelt von einer Kamelspinne angesprungen wurde oder sich auf einmal eine Giftschlange um den Stiefel wickelte.

Volkmann war diesem wenig geliebten Getier bereits in Afghanistan begegnet.

Der Fahrer des Transport-Fuchses trat aus den Büschen und sah sich verwundert um. Es handelte sich um jenen Unteroffizier, dem Volkmann am ersten Tag im Feldlager begegnet war.

»Was ist denn hier auf einmal los?«

»Und wo kommst du jetzt her?«, wollte Volkmann wissen.

Der Fahrer hielt eine Rolle mit Toilettenpapier hoch.

»Ich musste mal in die Büsche verschwinden. Habe ich irgendwas verpasst?«

»Du hast alles verpasst. Pack deinen Kram zusammen, du Komiker.«

Volkmann nahm seine eigene Ausrüstung und ging zum Transportpanzer hinüber.

»Ist die Spinne weg?«, fragte eine der Sanitäterinnen von der offenen Heckluke des Fuchs aus. Die Damen – Oberfeldwebel Wolff und drei Angehörige des BAT – hatten in den Fahrzeugen übernachtet.

»Da hinten krabbelt sie. Warum?«

Sie zog eine Grimasse. »Mit Spinnen habe ich es nicht so. Jedenfalls nicht, wenn sie so groß sind.«

»Typisch«, brummte Tom, der seine Sachen in den zweiten Fuchs verlud.

Kristina lachte. »Vorsicht, Tom! Deine Reaktion war auch nicht gerade besonders männlich!«

»Ich kann die Mistviecher nun mal nicht leiden!«

»Ich würde ja zu gerne wissen, wie du an seiner Stelle reagiert hättest, Kristina«, meinte Volkmann.

»Vielleicht finden wir das ja noch raus, Digger.«

Tom blieb wie angewurzelt stehen. Täuschte er sich, oder streckte Oberfeldwebel Wolff seinem Gruppenführer gerade wirklich die Zunge heraus? Der Feldwebel grinste nur und sah dann den verblüfften Stabsgefreiten an.

»Wo schielst du denn hin, Mann? Na los, die Ausrüstung einladen, wir wollen gleich aufbrechen.«

Mit Mühe schüttelte Tom den Eindruck ab und beeilte sich, seine Sachen zu verstauen.

50 Kilometer südlich von Bourem

Entlang der Route National 8 und am Fluss Niger verteilt lagen zahlreiche kleine Dörfer, die meist aus nicht mehr als ein paar Lehmhäusern bestanden. Manche dieser Ansiedlungen hatten nicht mal einen eigenen Namen. Anders, als man es ihnen zu Beginn des Afghanistaneinsatzes erklärt hatte, waren die Deutschen diesmal nicht zum Brunnenbohren in Mali. Sie sollten für die Sicherheit sorgen, Führungs-, Verbindungs- und Beratungsaufgaben übernehmen und den Transport von Verwundeten sicherstellen. Für die Patrouillen stand Kontaktpflege mit der Zivilbevölkerung und Aufklärung auf dem Programm. Die Bevölkerung mochte die Soldaten in Tarnkleidung. Immer wieder tauchten Kinder am Straßenrand auf und winkten. Manchmal warfen die Soldaten ihnen Süßigkeiten zu. Ohne ihre malischen Kameraden wäre die Verständigung mit den Leuten sehr schwergefallen, denn nur die wenigsten Bewohner sprachen Englisch. Die meisten beherrschten die französische Sprache, der Rest verständigte sich ausschließlich mit einheimischen Dialekten. Die malischen Kameraden waren also immer dabei, wenn Oberfeldwebel Wolff in den Dörfern nach neuen Informationen fischte. Capitaine Bamba erwies sich dabei als äußerst hilfreich. Offenbar war er so etwas wie eine Berühmtheit im Land, denn sogar die Dorfältesten begegneten ihm mit einer gehörigen Portion Respekt.

In einem dieser Dörflein tauchten fünf kleine Jungs auf und spielten Capitaine Bamba einen völlig verschlissenen Fußball zu, während sie lauthals »Bamako! Bamako!« riefen.

Bamba lachte und kickte den Ball für einige Minuten mit den Kindern umher.

»Ihr Capitaine ist offenbar bekannter, als wir geahnt haben, was, Chef?«, wandte sich Leutnant Yilmaz an Keita.

Der Sergent-chef grinste breit.

»Der Capitaine hat in seiner Jugend beim AS Real Bamako gespielt und es bis in die Nationalmannschaft geschafft. Als dann die Kämpfe ausbrachen, meldete er sich freiwillig zur Armee. Für viele unserer jungen Leute ist er ein Held.«

Yilmaz hob verblüfft die Augenbrauen.

»Das erklärt eine Menge.«

»Euer Capitaine steckt wirklich voller Überraschungen«, sagte Volkmann. »Es hatte mich schon gewundert, wie er so leicht an die RG-31 gekommen ist.«

»Es hat manchmal seine Vorteile, als Held zu gelten«, räumte der hünenhafte Malier gönnerhaft ein. »Wer übernimmt im nächsten Abschnitt die Spitze?«

»Regeln wir es wie Männer.«

Yilmaz sah amüsiert zu, wie die beiden Unteroffiziere ihre Fäuste schüttelten. Keita zeigte Papier, Volkmann Stein.

»Viel Spaß an der Spitze, weißer Junge.«

»Danke, Keita.« Volkmann trottete mit dem kopfschüttelnden Leutnant zum Fuchs-Panzer.

»Also ganz ehrlich, Digger. So langsam wird es richtig peinlich, dass du immer gegen Sergent-chef Keita verlierst«, beschwerte sich Jewgeni, der die Szene von der offenen Heckluke des Radpanzers aus verfolgt hatte.

»Die Malier sind unsere Gastgeber, Jewgeni. Und als guter Gast lässt man den Hausherren immer gewinnen. Das nennt sich Höflichkeit«, erklärte Volkmann mit ernster Miene.

Jewgeni, nicht ganz sicher, ob ihn sein Gruppenführer wieder mal auf die Rolle nehmen wollte, kommentierte das lieber nicht.

Volkmann winkte ihn ins Abteil und erkundigte sich dann bei Leutnant Yilmaz: »Was macht denn Ihr Rücken, Herr Leutnant?«

»Ach, es geht schon«, winkte Yilmaz ab.

»Wenn Sie möchten, kann ich vorne mitfahren und Sie setzen sich ins Transportabteil. Dann hätten Sie mein privates Sitzkissen für Ihren Rücken.«

Yilmaz mochte noch jung sein, aber er war nicht zu stolz, um dieses gute Angebot auszuschlagen.

»Danke, Feldwebel. So machen wir's.«

Während der Fahrer den Motor anließ, kletterte Volkmann zu ihm ins Abteil. Der Leutnant stieg zu den anderen in den Transportraum.

Der Wechsel fiel dem Fahrer sofort auf.

»Ist mit dem Herrn Leutnant alles okay?«, wollte der Unteroffizier wissen.

»Aber sicher doch.« Volkmann griff nach dem Funkgerät. »Dusu Zwo, hier Dusu Drei. Over.«

»Dusu Zwo hört, Dusu Drei. Over«, meldete sich Keita.

»Dusu Zwo, Dusu Drei fährt los. Over and Out.«

Volkmann wies auf die Schotterpiste. »Dann mal los. Aber vorsichtig.«

»Klar, Chef. Was denn sonst?«

Während sich der Unteroffizier aufs Fahren konzentrierte, suchte Volkmann die Umgebung sorgfältig nach verdächtigen Personen oder Gegenständen ab. Was sich so leicht anhörte, war schwieriger, als der Laie vermuten würde. Unter Beschuss neigte man dazu, alles und jeden als verdächtig anzusehen. Ein weggeworfenes Stück Müll am Straßenrand mutierte in der Vorstellung der Soldaten zu einer Sprengfalle. Eine Person, die mit jemandem telefonierte, konnte jemand sein, der Informationen für einen Hinterhalt weitergab oder ein IED auslösen wollte.

Bei all seiner Erfahrung konnte Volkmann seine Augen nicht überall haben. So entging ihm ein kleines Flackern, welches linker Hand am Flussufer erschien. Der Fahrer hingegen bemerkte es und öffnete den Mund, um den Feldwebel darauf hinzuweisen, als auch schon etwas gegen die Frontscheibe klatschte und mit einem Aufheulen davonpfiff.

»Verfluchte Scheiße!«, schrie der Unteroffizier erschrocken auf und riss im Reflex die Hand vor das Gesicht.

»Nicht langsamer werden!«, fuhr Volkmann ihn an. »Durchbrechen! Los doch!«

Er schnappte sich das Funkgerät.

»Dusu Drei an alle! Unter Beschuss! Brechen durch! Over!«

»Dusu Eins, verstanden. Over.«

»Dusu Zwo, alles klar. Over.«

»Dusu Vier. Roger. Over.«

»Piet, kannst du was sehen?«, fragte Volkmann den Schützen, der hinter im Truppenabteil an der Waffenstation saß.

»Nichts auszumachen!«, rief Piet über die Bordsprechanlage zurück und ließ die Lafette hin und her schwenken. Die optischen Sensoren der Waffenstation zeigten ihm nichts Verdächtiges an, also wechselte er auf den Infrarotmodus. »Auf dem Infrarot habe ich auch nichts.«

»Linker Hand am Fluss ist was aufgeflackert«, meldete sich der Unteroffizier zu Wort.

»Warum meldest du dass dann nicht?«

»Wollte ich ja gerade!«

»Piet?«

»Ich kann verdammt noch mal nichts sehen!« Der Bordschütze klang sehr angefressen. »Zu viele Störungen wegen der Hitze und den Wasserpfützen.«

Auch das Infrarot hatte seine Grenzen und die hiesigen Bedingungen waren manchmal mehr, als das System verkraften konnte.

Sie holperten in wilder Fahrt über die Buckelpiste, ließen die Stelle, von der geschossen worden war, hinter sich zurück. Die MG-Schützen der RG-31 hingen geduckt hinter ihrer Waffe, suchten immer wieder die Umgebung ab, aber nichts rührte sich.

Der Unteroffizier beäugte den tiefen Kratzer in der Frontscheibe.

»Was war das, zum Teufel?«

»Ein Scharfschützengewehr, nehme ich an.« Volkmann sah auf die Karte, markierte die Position und leitete die Information dann weiter. Capitaine Bamba und Leutnant Yilmaz riefen Camp Castor über Funk und setzten die dortige Aufklärungsabteilung ins Bild. Man wollte eine ferngesteuerte Erkundungsdrohne losschicken, konnte aber noch nicht sagen, wann sie das

Zielgebiet erreichen würde. Unverrichteter Dinge setzte die Patrouille ihren Weg fort.

Einige Kilometer weiter erreichten sie ein größeres Dorf, das aus etwa 20 Lehmgebäuden bestand. Es markierte den nördlichsten Punkt, den sie laut Plan erkunden sollten.

Auffallend war, dass sich nirgends einer der Bewohner zeigte. In allen anderen Orten waren sie sofort von Kindern umschwärmt worden. Hier nicht. Volkmann spürte, wie sich seine Nackenhaare aufrichteten.

»Dusu Drei an alle! Vorsicht! Möglicherweise ein Hinterhalt! Over!«

Die anderen bestätigten.

»Sicherung raus!«

Luken flogen auf und Soldaten sprangen aus den Fahrzeugen.

»Du bleibst hier drin, egal, was passiert. Und lass gefälligst den Motor laufen«, wies Volkmann den Unteroffizier an, bevor er sich sein G36K griff und aus dem Radpanzer hüpfte.

»Schon klar, Chef.«

Waffenmündungen bewegten sich hin und her, angespannte Finger waren nahe an den Abzügen und zusammengekniffene Augen suchten durch die Visiere nach Zielen.

Da kam ein junger Bursche um die Ecke geschlendert, winkte ihnen zu und rief etwas.

Die Soldaten entspannten sich für einen Moment.

Doch in der nächsten Sekunde riss der Junge eine AK-47 nach oben und eröffnete das Feuer.

Ratatatata!

»Hölle und Pest!«, fluchte Adama, der neben Bamba und Keita hinter dem RG-31 kauerte, als die Geschossgarben über ihren Kopf hinwegzwitscherten.

Gleichzeitig prasselte ein Geschosshagel auf sie hernieder, als ein zweiter Schütze vom Dach einer Hütte mit seiner auf Dauerfeuer eingestellten Kalaschnikow die Kolonne bestrich.

Piet, der natürlich immer noch hinter der Waffenstation im Fuchs hockte, reagierte am schnellsten. Er richtete mit dem Joystick sein Fadenkreuz auf das Dach aus und eröffnete das Feuer. Die 40-Millimeter-Granaten jagten mit dem typischen Wummern aus dem Lauf der Waffe.

Fopp! Fopp! Fopp! Fopp!

Die vier Granaten krepierten auf dem Dach. Hunderte von Splittern trafen den Schützen mit der AK-47. Der Aufständische wurde zur Seite weggeschleudert, polterte vom Dach und schlug hart auf dem Boden auf, dicht gefolgt von seiner Waffe.

Keita riss das PKM hoch und gab eine Salve auf den Schützen an der Hausecke ab. Der wurde von den Kugeleinschlägen gegen die Wand geworfen, knickte dann ein und ging zu Boden.

Im Dorf ertönte nun der laute Ruf der Gotteskrieger: »Allahu Akbar! Allahu Akbar!« Mündungsfeuer flackerten auf, als der bisher im Umfeld verborgene Gegner die Falle zuschnappen ließ. 20 oder 25 Kämpfer der Aufständischen traten zum Sturm auf das Dorf an.

Piet jagte ihnen eine lange Salve entgegen. Die GMW spie Feuer und warf leere Hülsen aus, die über Dach und Seite des Fuchs zu Boden kollerten. Die Einschläge der 40-Millimeter-Granaten rissen Staub und Dreck aus dem Grund, als sie zwischen den Angreifern zerplatzten. Drei oder vier der heranstürmenden Gestalten wirbelte es herum, als wären sie von einer riesigen Faust getroffen worden. Ein weiter Angreifer wurde erwischt, fiel auf den Rücken, die Beine erst noch zuckend, dann blieb er regungslos liegen.

Piet richtete seine Waffe neu aus und drückte ab. Doch nachdem zwei Granaten den Lauf verlassen hatten, verstummte sein Feuer.

»So eine verfickte Scheiße!«, fluchte er. Sämtliche 32 Granaten der Munitionsbox waren aufgebraucht. Nun musste er nach oben, die leere Box entfernen, eine volle einsetzen und die Waffe fertigladen. Und das alles unter feindlichem Feuer! Laut fluchend stieg er hinauf und klappte die Dachluke auf.

Salif und Modibo, die in den beiden RG-31 jeweils hinter dem schweren Maschinengewehr klemmten, ließen diese inzwischen ebenfalls sprechen.

Wupp! Wupp! Wupp! Wupp!

Die daumendicken Geschosse der M2-Brownings griffen nach den Aufständischen. Zuerst wurde einer, dann ein zweiter und schließlich ein dritter der anstürmenden Männer getroffen. Blut und Gewebe platzte aus ihren aufgerissenen Leibern und sie knallten aus vollem Lauf auf den Boden. Einem weiteren Angreifer rissen die Geschosse den linken Arm weg. Der Mann ließ seine Waffe los, fiel auf die Knie und umklammerte fürchterlich schreiend seinen Armstumpf. Blut spritzte zwischen seinen Fingern hervor.

Capitaine Bamba entdeckte in der offenen Tür eines Gebäudes einen vermummten Kämpfer, der gerade mit seinem Gewehr auf ihn anlegte. Er gab aus seinem Typ 56 eine Salve von sechs Schüssen ab, die den Mann niederstreckten.

»Dusu Eins an Juliet Sechs! Over!«, rief er in sein Funkgerät, während Geschosse gegen die Flanke seines RG-31 prallten. »Dusu Eins an Juliet Sechs! Werden angegriffen! Benötigen Unterstützung! Over!«

Während er auf Antwort wartete, flogen ihm einige Kugeln um die Ohren. Viele waren es nicht, aber ein einziges Projektil, das saß, reicht schon aus.

Rechter Hand zweigte ein Fußweg zwischen den Gebäuden ab; dort waren weitere Angreifer zu sehen, die mit ihren Gewehren in Richtung der Patrouillenfahrzeuge feuerten. Keita zwang sie mit einer Salve aus seiner PKM in Deckung.

»Dusu Eins an Juliet Sechs! Werden angegriffen! Benötigen Unterstützung! Over!«, rief Bamba erneut ins Funkgerät.

»Dusu Eins, hier Juliet Sechs. Over.«, kam die völlig gelassene Stimme aus dem Empfänger. Kein Kunststück, der Kerl saß ja sicher in Camp Castor.

»Hier Dusu Eins! Schwerer Angriff! Feind in Zugstärke bei unserer Position! Wir brauchen sofort Unterstützung! Over!«

Das brachte dann doch etwas Aufregung in die Stimme des Funkers in Camp Castor: »Juliet Sechs hat verstanden, Dusu Eins. Schwerer Angriff in Zugstärke. Die Eingreiftruppe wird informiert. Eintreffen in nicht unter zwei Stunden. Over«

»Dusu Eins hat verstanden! Zwei Stunden! Over and Out!« Bamba steckte das Mikrofon wieder an die Weste und zischte wütend: »Zwei Stunden! Was für ein Witz!«

Dabei konnte der Kampf in wenigen Minuten vorbei sein. Vor einem RG-31 trat ein Aufständischer aus der Deckung, einen Werfer für raketenangetriebene Granaten auf der Schulter.

»RPG! RPG!«

Das schwere Maschinengewehr des Fahrzeugs schwieg. Bamba drehte den Kopf, um festzustellen, warum Salif nicht schoss und sah, wie der Schütze gerade eine neue Box mit Munition nach oben wuchtete.

Wuuusch!

Die Soldaten hörten das typische Geräusch, mit dem die Granate aus dem Lauf gepustet wurde, und sahen das kegelförmige Geschoss genau auf sich zurasen. Capitaine Bamba erstarrte, er hob nicht einmal sein Typ 56. Die Granate fauchte an ihnen vorbei, verschwand hinter allen Fahrzeugen und detonierte irgendwo in der Landschaft.

Endlich hatte Salif das schwere Browning nachgeladen und feuerte auf den RPG-Schützen. Doch der verschwand rasch wieder im Schutz der Gebäude, sodass die Garbe nur einige große Brocken aus den Lehmwänden riss.

In diesem Moment spürte Matze ein Ziehen am rechten Bein seiner Tarnhose. Dann kam auch schon der Schmerz. Es war, als hätte ihm jemand einen glühenden Schürhaken in den Schenkel gebohrt. Er spürte neben dem Schmerz die Wut in sich hochsteigen. Diese Mistkerle schossen ihm ins Bein? Zur Hölle mit ihnen!

»Was ist los, Matze?«, rief Jewgeni besorgt, der seinen Kumpel aus dem Augenwinkel gegen den Transportpanzer sacken sah.

»Bin getroffen!«

»Was?«, rief der Russlanddeutsche ungläubig zurück, während er drei schnelle Schüsse um die Front des Radpanzers abgab.

»Irgendein dämliches Arschloch hat mich getroffen!«

»Fuck!« Der Russlanddeutsche sah genauer hin und realisierte erst jetzt, wo das in Blut getränkte Hosenbein sah, dass sein Kamerad getroffen worden war. »Sanitäter! Sanitäter!«

»Hat's dich schlimm erwischt?«, wollte Tom wissen, der zusammen mit Stitch am Heck des Radpanzers stand.

»Woher soll ich das wissen, verfickte Scheiße?«, bellte Matze zurück, der von wilden Emotionen durchflutet wurde.

Eine der Sanitäterinnen vom BAT raste geduckt heran. Im Schutze des Radpanzers schnitt sie Matze mit einer Schere das Hosenbein auf. Die Kugel war offenbar von hinten in den Oberschenkel eingedrungen und vorne wieder ausgetreten. Den Knochen hatte sie anscheinend verfehlt. Es hätte eigentlich höllisch wehtun müssen, Matze aber spürte nur einen gedämpften Schmerz. Das war die Wirkung der Angst und des Adrenalins. Die Sanitäterin verschloss die Wunde mit Gaze und legte einen Druckverband an. Mehr konnte sie im Moment nicht für den Kameraden tun.

Ein Gewehrlauf tauchte aus einem Fenster – eine einfache, ovale Öffnung in der Lehmwand – auf und im nächsten Moment ratterte eine Kalaschnikows los, überzog die Flanke des Fuchs mit Geschossen, die funkensprühend von der Panzerung abprallten und dann wirr umhersprangen.

»Fuck!« Matze ließ sich fallen und riss die Sanitäterin mit sich.

Einen Augenblick später schoss Stitch mit seinem MG4 auf das Fenster, doch die 5,56-Millimeter-Geschosse vermochten die dicke Lehmwand nicht zu durchdringen.

Tom sah es, zückte fluchend eine Granate aus seiner Kampfweste, zog den Sicherungsstift heraus und schleuderte das Ei zielsicher ins Fenster.

»Granate!«

Eine dumpfe Explosion bellte auf, Staub schoss aus allen Ritzen des Gebäudes. Der Gewehrlauf tauchte nicht wieder auf.

Volkmann hielt sich neben Leutnant Yilmaz auf und wechselte sein leeres Magazin aus, als sein Zugführer ihm auf die Schulter klopfte und zur Hütte linker Hand wies.

»Da sind Leute drin, Digger!«

Das war keine besonders gute Nachricht. Wenn im Inneren der Lehmhütte noch mehr Kämpfer lauerten, konnten die die Deutschen und Malier ins Kreuzfeuer nehmen. Volkmann stürmte los und rammte mit Schwung die dünne Holztür auf. Beinahe wäre er in eine Gruppe entsetzte Kinder hinein gerauscht, die mit einer jungen Frau am Boden kauerten. Die Kinder schrien und weinten vor Angst und Volkmann erkannte, dass es sich um Dorfbewohner handelte.

»Beruhigt euch«, bat der Feldwebel. »Ich tue euch nichts.«

Er richtete seine Waffe auf den Boden und winkte der jungen Frau zu. Sie konnte nicht älter als 16 Jahre sein.

»Legt euch hin. Bleibt in Deckung! Couverture!«

Mit Gesten unterstrich er seine Worte. Sie schien ihn zu verstehen, denn sie drückte die Kinder zu Boden. Er nickte ihr zu und trat wieder nach draußen.

Kugel pfiffen an ihm vorbei und er gab vier Schüsse auf einen Gegner ab, der 20 Meter weiter an der Hausecke lauerte. Die AK wurde dem gegnerischen Schützen aus der Hand gerissen und er verschwand außer Sicht. Volkmann raste geduckt zu Yilmaz hinüber.

»Da drin sind Zivilisten!«, rief er ihm über das Knattern der Schüsse zu. »Mehrere Kinder!«

»Verstanden, Digger! Aber so ganz nach Vorschrift war diese Aktion nicht, oder?«

Volkmann grinste seinen Leutnant an.

»Hier draußen läuft es etwas anders als im Hörsaal.«

»Ja, das ist mir auch schon aufgefallen«, gab Yilmaz trocken zurück. Eine Kugel sirrte an ihnen vorbei. Der Leutnant beugte sich vor, feuerte zwei Schüsse ab und ging wieder in Deckung.

Von irgendwoher kam eine Granate angeflogen. Es war ein altes sowjetisches Modell, eine RDG-5. Sie prallte zuerst am Sanitätspanzer ab, traf Oberfeldwebel Wolff dann am Rücken und landete genau zu ihren Füßen.

»Granate!«, schrie Kristina auf und warf sich instinktiv über den Sprengkörper. Die entsetzten BAT-Angehörigen duckten sich in Erwartung der Detonation. Doch nichts geschah. Fast zehn Sekunden vergingen, bevor sich Kristina sich wieder erhob. Ungläubig starrte sie auf das tödliche Ei herab. Die Granate war in schlechtem Zustand, teilweise verrostet.

»Noch mal Schwein gehabt, was?«, kicherte sie hysterisch. Kristina hatte mit ihrem Leben abgeschlossen, als sie sich über die Granate geworfen hatte. Ihr Herz hämmerte nun wild in der Brust, sie hörte das Blut in ihren Ohren rauschen und das Atmen fiel ihr schwer. Schüsse peitschten, Schreie und Flüche erklangen. Und dann ließ das Entsetzen urplötzlich nach. Es war ihr unerklärlich. In einer Sekunde war sie vor Angst wie gelähmt, in der nächsten konnte sie wieder klar denken. Dass die in der Ausbildung konditionierten Handlungsdirektiven die Kontrolle übernahmen, kam ihr in diesem Moment nicht in den Sinn. Sie griff nach der Granate, richtete sich halb auf und schleuderte das verdammte Ding so weit fort, wie sie konnte.

»Ab heute können wir zweimal Geburtstag feiern!«, rief ihr eine der Frauen vom BAT zu.

»Ja!«, stimmte ihr Kristina entgeistert zu.

Sie sah sich um, entdeckte Volkmann, der Schuss auf Schuss aus seinem G36 abgab und dabei die Stellung wechselte. Staub wirbelte zu seinen Füßen auf und Kristina realisierte, dass dort feindliche Kugeln einschlugen. Doch zu ihrer Erleichterung erreichte der Feldwebel die schützende Hauswand unbeschadet. Er steckte ein neues Magazin in seine Waffe.

Wuuusch!

Kristina blieb vor Schreck fast das Herz stehen, als ein RPG-Geschoss genau auf Volkmann zuraste. Der sah es kommen, versuchte abzutauchen und drehte sich dabei nach rechts.

»Deckung!«, schrie irgendwer.

»Michael!« Es war Kristina gar nicht bewusst, dass sie es war, die seinen Namen rief.

WHAMM!

Krachend explodierte die Granate an der Hauswand und Volkmann verschwand in einer Wolke aus Feuer, Licht und Staub.

Kristina hatte reflexartig die Augen geschlossen, als die Detonation nach ihr griff und ein Hagel aus Lehmbrocken auf sie niederging. Sie schüttelte den Kopf, wischte sich mit der Linken den Dreck aus den Augen und versuchte verzweifelt, etwas in der Staubwolke zu erkennen. Das Gebäude war zur Hälfte verschwunden; eine Wand war förmlich pulverisiert worden, die andere war umgeblasen worden und auf den Fußweg gekracht.

»Oh Gott! Bitte nicht!«, stieß Kristina hervor. Er konnte doch nicht … nein, er durfte einfach nicht!

In den Trümmern, die den Boden vor der zerstörten Hütte bedeckten, regte sich etwas. Ein Arm tauchte auf, stemmte sich gegen den Boden, drückte den Oberkörper hoch. Der Rest des Mannes wurde sichtbar. Er war über und über mit Staub bedeckt, der nun teilweise von ihm fiel, als er sich langsam aufrichtete.

»Michael«, flüsterte Kristina fassungslos.

Auch die anderen Soldaten konnten es kaum glauben. Der Feldwebel war noch am Leben!

Volkmann schüttelte den Kopf, um die grauen Schleier vor seinen Augen zu vertreiben. Trotz des Helms war er von der zusammenbrechenden Wand für einige Sekunden ausgenockt worden. Seine Augen brannten vom Staub. Seine Ohren klingelten wie verrückt. Seine Nase war voller Dreck. Auf seiner Zunge lag der widerliche Geschmack von Sprengstoff. Er schmeckte auch Blut, das von seiner aufgeschlagenen Lippe stammte. Seine linke Schulter fühlte sich an wie eingeschlafen und er blutete aus mehreren kleineren Wunden. Außerdem war er verdammt noch mal stinkwütend!

Der Feldwebel spähte durch das Visier des AG36-Granatwerfers, der unter dem Lauf seines Sturmgewehrs angebracht war. Der RPG-Schütze musste inzwischen nachgeladen haben, würde jeden Moment wieder in die Gasse treten, um seinen Werfer abzufeuern.

Zwei Männer traten in besagte Gasse, einer mit einem Gewehr, der andere mit dem Werfer auf der Schulter.

Volkmann drückte ab.

Fopp!

Die 40-Millmeter-Splittergranate raste hinüber und krepierte auf Brusthöhe. Der RPG-Schütze wurde von dem hochspringenden Feuerblitz nach hinten weggeschleudert, sein Körper von den Schrapnellen völlig zerfetzt. Der andere Mann gab einen schrillen Schrei von sich und wälzte sich am Boden hin und her, während er mit den Händen versuchte, seine von Splittern aufgerissene Bauchdecke zusammenzuhalten.

Keuchend und fluchend humpelte Volkmann wieder zu Leutnant Yilmaz hinüber, der seinen Gruppenführer anstarrte, als wäre dieser ein Geist. Über und über mit rötlichem Staub bedeckt, glich Volkmann in diesem Moment wirklich einem Gespenst.

Ein Querschläger prallte an der Seitentür des Fuchs ab, hinter dem sich Kristina und die anderen Angehörigen des BAT befanden. Ein Aufständischer schoss mit einer MAT-49 in ihre Richtung, während er laut brüllend auf sie zu stürmte. Kristina riss die MP7 hoch, brachte sie in Feuerstellung, zielte und drückte ab. Der ganze Vorgang lief automatisch ab, so, wie sie es dutzendfach mit Volkmann am Schießstand geübt hatte. Sie traf den feindlichen Kämpfer mitten in die Brust. Die durchschlagskräftigen 4,6-Millimeter-Geschosse der Maschinenpistole bohrten sich mühelos durch den Oberkörper des Mannes und traten an seinem Rücken wieder aus. Der Tuareg fiel auf sein Gesicht und regte sich nicht mehr. Schockiert starrte Kristina den Sterbenden an. Dann musste sie würgen und hätte sich beinahe übergeben.

Modibo hatte den Lichtblitz der letzten RPG von seinem Geschützturm aus gesehen. Er schwenkte das M2 herum, konnte aber nicht auf den Schützen feuern, weil dieser von den Gebäuden verdeckt wurde. Kugeln prasselten gegen den Schutzschild und so schwenkte er die Browning wieder in die andere Richtung, um die Angreifer unter Feuer zu nehmen.

Wupp! Wupp! Wupp! Wupp!

Zwei Gegner brachen zusammen, aber plötzlich fühlte sich sein rechter Unterarm an, als wäre er von einem Hammerschlag getroffen worden. Er hörte das Krachen und spürte den Schlag, blickte auf seinen Arm hinunter, in dem ein kleines Loch zu sehen war. Der Knochen war gebrochen.

»Bin getroffen!«, schrie Modibo. »Chef, ich bin getroffen!«

Keita deckte die Gasse mit Feuerstößen aus seinem leichten MG ein, bis die mittlerweile vor Hitze kochende Waffe eine Ladehemmung bekam. Fluchend wechselte er zur Pistole, doch Adama war schneller, feuerte fünf Schüsse mit dem Typ 56 auf einen Feind und schaltete ihn aus. Ein weiterer Tuareg wurde von Oumar niedergestreckt. Capitaine Bamba erschoss noch einen Gegner und dann trat plötzlich Stille ein.

Kurz darauf schallten Rufe über das Schlachtfeld, dann startete plötzlich ein Motor und die Soldaten der Patrouille sahen einen Geländewagen davonjagen, der mit teilweise verletzten Kämpfern beladen war.

»Ja, verpisst euch nur, ihr blöden Hurensöhne!«, rief ihnen Jewgeni mit erhobener Faust hinterher.

»Klappe zu, Jewgeni!« Leutnant Yilmaz winkte mit linken der Hand. »Bereich sichern! Verwundete zum BAT! Bewegt euch!«

Neben Volkmann und Matze war auch noch Modibo verwundet worden. Capitaine Bamba und Leutnant Yilmaz konnten kaum fassen, dass sie bei dem heftigen Gefecht so glimpflich davon gekommen waren.

Während eine Sanitäterin den Malier versorgte, zerrte eine andere Volkmann die Kampfweste über den Kopf und legte sie zwischen seine

Füße. Als nächstes zog sie ihm die Feldbluse aus und schnitt dann sein T-Shirt mit einer Schere auf.

»He, nicht doch!«, beschwerte sich Volkmann. »Was soll denn das? Ich hätte das T-Shirt doch auch einfach ausziehen können.«

»Aber klar«, brummte die Sanitäterin. »Du hast ein paar Splitter in der Schulter, die auch noch so aussieht, als hätte jemand mit einem Knüppel auf dich eingedroschen.«

»Das kommt von der Druckwelle und der verdammten Wand, die auf mich gefallen ist. Zieh die Splitter einfach raus und papp ein Pflaster drauf.«

»Das geht doch nicht«, protestierte die Frau.

»Von wegen! Mach einfach!«

Die Sanitäterin schüttelte nur den Kopf, begann dann aber damit, eine Hand voll Splitter aus seiner Schulter herauszupulen. Sie ging dabei nicht gerade zimperlich vor, aber Volkmann verzog keine Miene. Dann versorgte sie die kleinen Wunden und sagte: »Die Schulter ist jetzt noch taub, aber das geht vorbei, dann kommen die Schmerzen zurück. Ich habe aber nur ein mittelstarkes Schmerzmittel dabei.«

»Ist schon in Ordnung. Ich brauche kein Schmerzmittel.«

Die Sanitäterin schüttelte erneut den Kopf.

»Stur wie ein Panzer!«

»Und genauso stabil«, warf Matze ein, der mit seinem bandagierten Bein in der offenen Heckluke des Sanitätsfahrzeugs hockte. Schweißperlen standen auf seiner Stirn. Die Wirkung des Adrenalins in seiner Blutbahn ließ langsam nach und er wurde blass vom Schock.

»Als die RPG hochging, dachte ich schon, dass war's für dich, Chef.«

»Davon träumst du aber auch nur«, gab sich Volkmann betont lässig. Aber das war nur gespielt. Für die anderen. Auch sein Adrenalinspiegel pendelte sich wieder ein und er wusste aus Erfahrung, dass das große Zittern erst noch kommen würde. Nach einem Gefecht durchlebte jeder ein Wechselbad der Gefühle. Da war der Triumph, überlebt und gesiegt zu haben. Dann das Entsetzen darüber, was Freund und Feind erlitten hatten. Das Mitleid mit den Verwundeten und Toten. Der Schock, getötet zu haben. Und dann begann alles wieder von vorne. Er unterdrückte ein Schaudern, stand auf, bewegte versuchsweise den linken Arm und die Schulter. Dann ging er zum Fuchs, suchte seinen Rucksack und kramte ein neues T-Shirt heraus. Er streifte es über, zog die Feldbluse an und griff dann nach seiner Kampfweste, um auch sie wieder anzulegen.

Matze schüttelte den Kopf und sah dann die Sanitäterin an, die nun sein Bein untersuchte.

»Weißt du, ich habe diese ganzen Geschichten über Digger nie geglaubt. Bis heute.«

»Ja, ich auch nicht. Bis heute.«

Volkmann ging indessen hinüber zu den Offizieren, die sich mit Sergent-chef Keita im Schutze eines RG-31 berieten.

»Sind Sie in Ordnung, Digger?«, fragte Yilmaz besorgt.

»Ich bin einsatzbereit, Herr Leutnant.«

Yilmaz zweifelte offenkundig an dieser Aussage. Aber zum einen war er froh, den Feldwebel wieder an seiner Seite zu wissen und zum anderen brauchte er im Augenblick jeden Mann, um das Dorf zu sichern.

»Wie sieht es mit den anderen Verwundeten aus?«, wollte Sergent-chef Keita wissen.

»Matze und Modibo sind so weit stabil, aber bei einem der Zivilisten sieht es gar nicht gut aus. Wir sollten sie alle so bald wie möglich ins Lazarett schaffen.«

Die Angehörigen des BAT versorgten drei Zivilisten, die während der Kämpfe verwundet worden waren. Einer befand sich in ernstem Zustand. Zwei gefangengenommen Aufständischen mussten indessen auf ihre Behandlung warten, die Zivilisten gingen vor.

Capitaine Bamba hing immer noch am Funkgerät und forderte erneut Unterstützung und weitere Truppen an, um das Gelände weiträumig absichern zu können. Immerhin, eine Drohne sollte in 15 Minuten eintreffen und das Gebiet aufklären.

»Diese Kerle im Lager verstehen immer noch nicht so richtig, was hier eigentlich vor sich geht«, schimpfte der Capitaine frustriert. Dann bemerkte er Volkmann und nickte ihm abwesend zu. »Dabei brauchen wir hier jede Hilfe, die wir kriegen können.«

»Sind die Verstärkungen auf dem Weg?«, fragte Yilmaz nach.

»Ja, es dauert immer noch über eine Stunde, bis sie hier eintreffen.«

Von unerwarteter Seite traf jedoch wenige Minuten später Hilfe ein, als die anderen Dorfbewohner aus ihren Verstecken zurück ins Dorf strömten. Die meisten Anwohner hatten sich ins Umland geflüchtet, als die Aufständischen ihr Dorf überfallen hatten. Nur wenige waren zurückgeblieben. Unter Anleitung der malischen Spezialkräfte sammelten die Bewohner die Waffen der Toten ein und beteiligten sich an der Suche nach weiteren Überlebenden.

»Wieder etwas, das nicht so abläuft, wie es laut Vorschriften sollte«, sagte Leutnant Yilmaz mehr zu sich selbst. »Wofür bringt man uns überhaupt diesen ganzen Kram bei, wenn es in der Realität doch ganz anders ist?«

»Betrachten Sie das Handbuch einfach als Anleitung«, scherzte Volkmann. »Und benutzten Sie ansonsten ihren gesunden Menschenverstand.«

»Na, das ist doch mal ein guter Rat!«, dröhnte Keita, der zu ihnen getreten war. »Der Dorfälteste möchte uns sprechen.«

Der alte Mann, überglücklich, dass sein Dorf und sein Clan wieder in Sicherheit waren, lud die Soldaten zum Tee ein. Eine solche Einladung war in Westafrika etwas, das man nicht so einfach ablehnte. Unter Umständen hätte das den Gastgeber auf das Schlimmste beleidigt – und die entsprechenden Folgen nach sich gezogen. Volkmann kannte derartiges bereits aus Afghanistan und auch Bamba riet dazu, der Einladung Folge zu leisten. So fanden sich die Offiziere und Unteroffiziere zur Teezeremonie beim Dorfältesten ein.

Im Unterschied zum Essen, das traditionell von den Frauen gekocht wurde, war die Zubereitung des Tees reine Männersache. Jedem wurden drei Gläser gereicht, ganz nach dem weit verbreiteten Motto: Das erste Glas ist bitter wie das Leben, das zweite stark wie die Liebe und das dritte sanft wie der Tod. Danach erklärte der alte Mann sie alle zu Mitgliedern seiner Familie. Durch diese Zeremonie standen die Soldaten nun unter dem Schutz des gesamten Clans. Jeder Clanangehörige würde nun Informationen mit ihnen teilen, jederzeit Unterkunft und Schutz gewähren und sie auf jede Art und Weise unterstützen.

»Damit hat sich der Einsatz hier doch gelohnt«, befand Capitaine Bamba.

Wenig später traf die Eingreiftruppe unter Capitaine Lefevre ein. Die Franzosen waren mit leichten Radpanzern ERC-90, Transportpanzern VAB und Spähfahrzeugen VBL ausgestattet. Sie bildeten sofort einen Sicherungsring um das Dorf und wurden von den Mitgliedern der Patrouille in die Lage eingewiesen. Die Verpflichtung zum gegenseitigen Schutz und Unterstützung mit dem Clan war keine Einbahnstraße. Auch die Soldaten der MINUSMA mussten ihren neu hinzugewonnen Verbündeten nun jederzeit zu Hilfe eilen, wenn sie darum gebeten wurden.

Dann traf auch endlich ein kanadischer CH-47 ein, um die verwundeten Soldaten und Zivilisten auszufliegen. Einer der Gefangenen war indessen seinen schweren Wunden erlegen, der andere sah einer ungewissen Zukunft entgegen. Das malische Militär hielt sich nicht immer an die Genfer Konvention.

Volkmanns Gruppe trug Matze auf einer Bahre in den Laderaum des Transporthubschraubers, während Keita und Salif den verwundeten Modibo stützen. Der konnte im Gegensatz zu dem Deutschen mit der Hilfe seiner Kameraden selbstständig an Bord treten.

»Lass bloß die Finger von den Krankenschwestern, Matze«, frotzelte Jewgeni, der das Fußende der Trage schleppte. »Du bist nicht in der Verfassung, das zu liefern, was du versprichst.«

»Keine Sorge. Die wichtigsten Teile von mir sind unbeschädigt geblieben«, gab Matze prompt zurück.

Die Sanitäterin des BAT rollte übertrieben mit den Augen.

»Bah! Männer!« Überraschend für alle strich sie dann Matze über das Gesicht. »Aber Danke dafür, dass du mir das Leben gerettet hast.«

»Gern geschehen.«

Matze schien verlegen, während Jewgeni mit dem Kopf schüttelte und Tom ansah.

»Komisch, oder? Kaum wird Matze angekratzt, hat er einen Schlag bei den Frauen.«

»Wenn du auch angeschossen werden möchtest, um dein Glück bei den Frauen zu versuchen, kann ich dir dabei gerne behilflich sein«, bot Tom seine Dienste an.

»Nein, Danke. Ich verzichte.«

Sie stellten die Trage an der Stelle ab, die ihnen der Lademeister zuwies.

»Wir sehen uns bald wieder, Matze. Lass dich nicht hängen«, sagte Volkmann.

»Werden Sie rasch wieder gesund. Alles Gute«, wünschte Yilmaz.

»Danke, Herr Leutnant.«

Auch die anderen verabschiedeten sich. Dann sahen sie bei Modibo vorbei, der bereits angegurtet auf einem der Segeltuchsitze saß.

»Ach für Sie alles Gute, Caporal.«

»Mercie, mon Lieutenant. Sergent-chef.«

»Auf bald, Modibo.«

Gemeinsam verließen die deutschen und malischen Soldaten den Frachtraum des CH-47 und sammelten sich bei ihren Fahrzeugen. Wenige Minuten später hob der kanadische Transporthubschrauber in einer großen Staubwolke ab und flog in Richtung Gao davon.

»Dusu Eins an Juliet Sechs. Over«, rief Capitaine Bamba das Camp. »Dusu Eins an Juliet Sechs. Over.«

»Hier Juliet Sechs. Kommen Dusu Eins. Over.«

Yilmaz sah auf, als er die Stimme vernahm.

»Das ist Boiger höchstpersönlich«, sagte er zu seinem malischen Kameraden. Bamba nickte.

»Juliet Sechs, hier Dusu Eins an Standort Zebra. Unsere Verwundeten werden gerade ausgeflogen. Erbitte weitere Anweisungen. Over.«

»Dusu Eins, hier Juliet Sechs. Sie haben den Befehl, zu Kartenpunkt Epsilon vorzurücken und das Gebiet zu erkunden. Over.«

Bamba und Yilmaz wechselten einen überraschten Blick. Sie hatten damit gerechnet, dass man Sie zurückbeordern würde. Bamba sah auf seine Karte. Punkt Epsilon lag noch weiter nördlich von ihrer derzeitigen Position. »Juliet Sechs, hier Dusu Eins. Das würde uns tiefer ins Feindesland führen und wir haben bereits zwei Ausfälle zu beklagen. Over.«

»Dusu Eins, hier Juliet Sechs. Der Befehl kommt von ganz oben, tut mir leid. Denken Sie daran, was ich Ihnen beim Abschied gesagt habe. Juliet Sechs. Over ans Out.«

»Dusu Eins an Juliet Sechs. Verstanden. Over and Out.«

Der malische Offizier schüttelte den Kopf.

Am grünen Tisch im FHQ Bamako sieht das alles immer ganz einfach aus, dachte er. *Aber die sind ja auch nicht hier draußen, wo die Kugel fliegen und es Tote und Verwundete gibt!*

»Boiger hat uns beim Abschied gesagt, wir sollen den gesunden Menschenverstand benutzen«, sagte Yilmaz und riss den Capitaine aus seinen düsteren Gedanken.

»Dann sollten wir diesen Rat auch befolgen. Wir rücken weiter nach Norden vor, aber mit extremer Vorsicht. Stoßen wir auf zu großen Widerstand, brechen wir das Unternehmen ab.«

»Das sehe ich genauso wie Sie«, stimmte Yilmaz zu.

Die Männer und Frauen der Patrouille waren Profis, so ließen sie sich nicht anmerken, was sie von den neuen Befehlen hielten. Die meisten jedenfalls …

»So ein Scheiß«, schimpfte Jewgeni.

»Klappe halten, Jewgeni!« Volkmann hob die Hand in die Luft und vollführte eine kreisende Bewegung. »Alles aufsitzen!«

Wenig später rollten die vier Fahrzeuge über die Geröll- und Lehmpiste nach Norden. Die Schützen standen in den offenen Dachluken des Fuchs und suchten mit ihren Blicken die Umgebung ab. Man fühlte sich dort oben in den Luken immer sehr verletzlich. In Afghanistan hatten die Soldaten mit einfachsten Mitteln – Holz, Maschendraht und Sandsäcken – eine Stellung auf den Dächern der Fuchs-Panzer eingerichtet, um mehr Schutz zu haben. Dergleichen hatte der Technische Offizier in Gao bisher stets untersagt, weil solche Improvisationen nicht den Vorschriften entsprachen. Die Vorgabe aus Friedenszeiten in Deutschland mussten eben auch in Mali befolgt werden, egal, ob das nun einen Sinn ergab oder nicht. Streng genommen konnte man dies dem Technischen Offizier nicht einmal zum Vorwurf machen, denn wurde gegen diese Vorschriften verstoßen und irgendein Paragrafenreiter in Bonn oder Berlin bekam Wind davon, so lag der Kopf des TO auf dem Hauklotz. Karrieren konnten heute in der Bundeswehr sehr schnell enden, wenn man das Pech hatte, negativ aufzufallen.

»Dusu Zwo an alle.« Das war Keita, der im ersten RG-31 die kleine Kolonne anführte. »Laut Karte erreichen wir gleich ein Dorf. Vorsicht vor möglichen Hinterhalten. Over.«

»Dusu Eins. Verstanden. Over.«

»Dusu Drei. Verstanden. Over.«

»Dusu Vier. Roger. Over.«

Yilmaz, der neben dem Fahrer vorne im Fuchs saß, sah auf seine eigene Karte. »Immer schön vorsichtig. Abstand von 100 Schritt zum ersten Fahrzeug halten. Piet, sind Sie feuerbereit?«

»Bin bereit, Leutnant.« Piet ließ den Lauf der 40-Millimeter-Granatmaschinenwaffe immer von einer Seite zur anderen pendeln. Es juckte ihn förmlich in den Fingern, mit der mächtigen Waffe loszulegen, sollte sich die Gelegenheit ergeben. Den malischen Bordschützen hinter ihren schweren Brownings erging es nicht anders.

Salif klemmte hinter dem Maschinengewehr des ersten RG-31 und drehte die Lafette von links nach rechts, als dort die ersten Lehmhütten in sein Sichtfeld kamen. Sein Mund wurde trocken.

»Chef?«, rief er nach unten.

»Ich sehe es«, erwiderte Keita grimmig. »Dusu Zwo an alle! Höchste Vorsicht! Over!«

Das kleine Dorf schien wie geschaffen als Kulisse für einen schlechten Antikriegsfilm. Die Aufständischen hatten fast alle Häuser zerstört beziehungsweise in Brand gesteckt. Hier und da stiegen immer noch dünne Rauchfäden in die Luft, die von niedergebrannten Ställen oder anderen Gebäuden herrührten. Es war still im Dorf, totenstill, wenn man vom Summen der unzähligen Fliegen absah, die in der flimmernden

Nachmittagshitze Leichen umschwärmten. Überall lagen zerstückelte Männer, Frauen und Kinder.

»Absitzen! Sicherheitsbereich herstellen!«

Die Männer wollten nicht absitzen, sich nicht in das Grauen begeben, das auf sie wartete. Aber sie mussten es tun. Alle zogen die Shemagh-Tücher über Nasen und Mund, aber es half nicht viel.

»Großer Gott«, flüsterte Kristina fassungslos.

»Ja«, sagte Stitch leise, während sein Blick über eine weibliche Leiche glitt. Sie war über und über mit Blut bedeckt. Offenbar hatte man sie mit einer Machete bearbeitet. Er packte sein MG4 fester.

»Ich hätte Gott jetzt gerne auf unserer Seite.«

Das Gesicht von Capitaine Bamba schien wir aus Stein gemeißelt zu sein, während er sich umsah.

»Dem Zustand der Leichen nach zu urteilen, haben die Aufständischen das hier bereits vor dem Gefecht mit uns angerichtet.«

»Oui, mon Capitaine. Das würde ich auch sagen.« Keita schüttelte verbittert den Kopf. »Aber das hier war ein Massaker. Völlig sinnlos.«

»Nicht für die Aufständischen. Sie zeigen der Bevölkerung damit, dass wir unsere Leute nicht beschützen können.« Angewidert spie Bamba aus. Überall lagen Tote. Krieg war grausam, ja. Im Krieg starben nun einmal Menschen. Aber in Malis Guerillakrieg waren die Zivilisten diejenigen, die als erstes gnadenlos niedergemacht wurden.

Yilmaz und Jewgeni hielten sich an der rechten Seite ihres Fuchs. Der Leutnant war tief erschüttert.

»Das darf doch alles nicht wahr sein«, murmelte er betroffen. »Wer tut so was?«

Der Russlanddeutsche sah seinen Zugführer an, überlegte kurz, ob er etwas erwidern sollte und richtete dann seinen Blick wieder auf die Umgebung. Yilmaz blieb nun stehen. Er hörte eine Stimme. Gab es hier, in diesem Grauen, etwa Überlebende?

»Ich höre etwas!«

Er ging einige Schritte vor.

»Warten Sie, Leutnant!«, rief Jewgeni und eilte ihm hinterher.

In den Trümmern vor ihnen hockte ein Junge von vielleicht 14 oder 15 Jahren. Er sah auf und sagte etwas in holprigem Französisch.

»Was sagt er?«, wollte Yilmaz wissen. »Ich kann ihn kaum verstehen.«

»Ähm, irgendetwas darüber, dass seine Eltern unter den Trümmern liegen«, sagte Jewgeni.

»Wir müssen ihm helfen!«, sagte der Leutnant.

Jewgeni runzelte die Stirn, seine Gedanken überschlugen sich. Wenn die Eltern des Jungen unter den verkohlten Trümmern lagen, gab es für sie kaum noch Hoffnung auf Rettung. Und warum hatte der Junge bisher nicht versucht, sie zu befreien. Und wie war dieser Junge den Aufständischen entkommen? Hatte er sich verstecken können? Dann bemerkte er eine Veränderung in der Haltung des Jungen, als Yilmaz einen weiteren Schritt nach vorne machte. Es war nichts ausgesprochen Auffälliges, nur so etwas wie Schicksalsergebenheit. Und dann sah er es.

Da ist ein Draht neben dem Jungen!

»Vorsicht! Eine Falle!«, schrie Jewgeni und packte Yilmaz an der Weste, riss den Leutnant von dem Jungen und dem Draht weg. Sie taumelten drei Schritte zurück und stürzten zu Boden.

Der Junge erkannte, dass die Falle entdeckt worden war und warf sich nach vorne, um den Draht selbst auszulösen. Es blieb ihn noch genug Zeit für einen letzten Ruf: »Allahu Akbar!«

Die versteckte Sprengladung explodierte mit einem dumpfen Knall. Dreck und Steine wurden in die Höhe gerissen, Staub hüllte die beiden Deutschen ein. Noch bevor das Grollen der Detonation ganz verklungen war, waren Volkmann und Keita zur Stelle.

»Leutnant! Sind Sie in Ordnung? Jewgeni?«

»Ich bin okay, Chef!«, rief der Russlanddeutsche laut. »Meine Ohren klingeln nur wie verrückt!«

»Leutnant? Leutnant! Können Sie mich hören?«

Volkmann zog Yilmaz herum. Eine blutige Spur führte über dessen Gesicht. »Sanitäter! Leutnant! Sind Sie verletzt?«

Yilmaz betastete sein Gesicht. »Ich denke nicht.«

Die Sanitäterin eilte herbei und untersuchte den Leutnant kurz. »Das ist nicht sein Blut«, stellte sie dann fest.

Volkmann zog seine Feldflasche hervor und schüttete dem Leutnant etwas Wasser über das Gesicht, während die Sanitäterin seine Haut mit einem Tuch abwischte. »Ist gleich vorbei, Leutnant.«

»Er hat sich einfach in die Luft gesprengt«, sagte Yilmaz, immer noch fassungslos. »Puff, und der Junge war weg.«

Volkmann betrachtete den Leutnant besorgt. Er stand möglicherweise unter Schock.

»Ich habe den Draht gesehen«, berichtete Jewgeni, nachdem sich das Klingeln in seinen Ohren zu verflüchtigen begann. »Und da wusste ich einfach, dass es eine Falle ist.«

»Gut gemacht, Jewgeni«, lobte Volkmann.

Der Russlanddeutsche grinste seinen Kumpel Stitch schief an. »Das ich das noch erleben darf: ein Lob von Digger.«

»Halt die Klappe, Jewgeni!«

»Und sofort wieder zurück im alten Trott«, versuchte Stitch die Situation aufzuhellen.

»Undank ist eben der Helden Lohn«, meinte Jewgeni verschnupft.

Volkmann klopfte ihm auf die Schulter. »Gewöhn dich besser dran, das ist immer so.«

Die Sanitäterin kümmerte sich weiter um den Zugführer, während der Spähtrupp den Rest des Dorfes nach Überlebenden oder Fallen absuchte. Sie fanden weder das eine noch das andere.

»Ich habe Camp Castor über die Lage informiert«, teilte Capitaine Bamba zwei Stunden später mit. Seine Stimme klang rau. »Wir weichen zu dem Hügel aus, etwa fünf Kilometer südlich von hier, und übernachten dort. Morgen früh kehren wir ins Camp zurück.«

Sie bezogen Stellung auf besagtem Hügel, der eine gute Verteidigungsposition bot. Nachdem die Wachen eingeteilt waren, saßen die Soldaten zwischen ihren Fahrzeugen. Niemand verspürte große Lust zu sprechen, alle versanken in ihren Gedanken. Leutnant Yilmaz hatte sich inzwischen wieder gefasst und setzte sich neben Volkmann und Jewgeni. Aber das Erlebte hatte ihn tief berührt.

»Ich verstehe es nicht«, sagte der Leutnant leise. »Wie konnte der Junge das nur tun?«

»Man wird ihm in den Koranschulen eine Gehirnwäsche verpasst haben«, meinte Jewgeni, ohne nachzudenken.

Volkmann funkelte ihn böse an.

»Ja, ich weiß schon: Klappe halten!«, sagte der Russlanddeutsche und hob kapitulierend die Hände.

Yilmaz winkte ab.

»Schon gut, Stabsgefreiter. Ich bin praktizierender Moslem und weiß, wie mancher Imam die Worte des Korans verdreht, um die Wirkung zu erzielen, die beabsichtigt ist. Ich kann Ihnen gar nicht sagen, wie sehr mich das ankotzt.« Dann klopfte er dem Russlanddeutschen auf die Schulter. »Aber ich glaube, ich habe mich noch gar nicht bei Ihnen bedankt. Danke, Jewgeni.«

»Keine Ursache, Herr Leutnant.« Das Gesicht des Stabsgefreiten nahm vor Verlegenheit eine leicht rötliche Färbung an.

Der Leutnant ließ den Blick in der Runde schweifen.

»Aber ich kann es immer noch nicht so richtig begreifen. Der Junge … all diese Morde.«

»Unser Gegner ist erbarmungslos und kennt keine Skrupel«, sagte Bamba. »Die aufständischen Tuareg werden vom Islamischen Staat unterstützt. Selbstmordattentäter sind nur ein weiterer Bestandteil des Guerillakriegs, dem wir uns gegenübersehen.« Er lehnte sich etwas zurück. »Wir sind zum Teil selbst daran schuld. Der Konflikt mit den Tuareg reicht schon lange zurück, er begann sogar schon vor der Kolonialzeit. Dafür kann man euch Europäern also keine Schuld geben.«

Einige seiner Zuhörer schnitten Grimassen.

Bamba grinste knapp.

»Schon vor 2012 gab es bewaffnete Aufstände im Nordosten des Landes. Es begann 1963, dann wieder 1991 und 2006. Richtig schlimm wurde es erst infolge des Bürgerkriegs in Libyen. Den Tuareg sind enorme Mengen an Waffen in die Hände gefallen, als in Libyen alles zusammenbrach. Der Putsch, den unser Militär 2012 unternahm, hat die Krise dann nur noch weiter verschärft. Ohne das Eingreifen der Franzosen wäre vermutlich schon damals alles zum Teufel gegangen. Dafür holten die Tuareg dann den Islamischen Staat zu Hilfe, der sich inzwischen auch in Libyen ausgebreitet hat. Und wir bekamen Unterstützung durch die Vereinten Nationen.« Er breitete die Hände aus. »Die Verhandlungen werden nur noch zum Schein geführt; die Islamisten sind überzeugt, für die einzig wahre Sache zu kämpfen.«

»Den Dschihad«, sagte Yilmaz.

»So ist es.« Bamba hob den Kopf und starrte in den Nachthimmel hinauf. »Ich weiß nicht, wie wir diesen Konflikt lösen können, ohne die Gegenseite völlig auszulöschen. Aber ich wünschte, ich wüsste es. Denn das hier, diese Massaker … das ist der reine Wahnsinn.«

»Krieg ist ein Akt der Gewalt, und es gibt in der Anwendung derselben keine Grenzen«, zitierte Volkmann.

Bamba erkannte das Zitat und sah den Feldwebel an. »Von Clausewitz lebte in einer anderen Zeit, Sergent-chef. Und er hatte es nicht mit Selbstmordattentätern zu tun. Außerdem ändert das nichts an der Wirklichkeit des Krieges. Sieger ist die Seite, die ihren Gegner zuerst vernichtet.«

»Von Clausewitz sagte, die Aufgabe bestehe darin, den Feind zu entwaffnen. Er sagte auch, dass eine Gesellschaft Intelligenz einsetzen könne, um den Gegner nicht vernichten zu müssen. Was müsste man also tun, um den Kampfeswillen der Tuareg zu brechen?«

»Ihren Staat Azawad anerkennen«, antwortete Bamba sofort. »Aber das werden wir niemals tun. Dafür gibt es inzwischen zu viele Tote. Und das würde unseren Konflikt mit dem IS auch nicht lösen. Sie wären nur noch unberechenbarer.«

Der Capitaine fuhr sich mit der Hand müde über das Gesicht.

»Wie gesagt: Ich wünschte, ich wüsste eine Lösung. Aber das Problem werden wir nicht hier und jetzt aufdröseln können. Gehen wir schlafen. Vielleicht sieht die Welt morgen ja doch etwas besser aus.«

Camp Castor, am nächsten Abend

Als Feldwebel Volkmann nach der unvermeidlichen Untersuchung im Lazarett wieder zu seinem Wohncontainer aufbrechen wollte, entdeckte er zu seiner Verwunderung im Schatten zwischen zwei Containern die Umrisse von Hauptmann Boiger.

»Herr Hauptmann!«, rief Volkmann und sah, wie Boiger erschrocken herumwirbelte. »Guten Abend. Kann ich Ihnen irgendwie helfen?«

Boigers Gesicht wurde vor Verlegenheit feuerrot.

»Äh … ich … ah, ich wollte die Dinge hier nur überprüfen, Feldwebel.«

»Wie Sie meinen, Herr Hauptmann.« Volkmann nickte ihm zu und wollte weitergehen, doch die Fistelstimme von Boiger hielt ihn zurück: »Feldwebel … geht es Ihnen gut?«, fragte der Hauptmann. »Sind Sie nicht verwundet worden?«

»War nicht weiter tragisch, Herr Hauptmann. Sind nur ein paar kleinere Blessuren«, antwortete Volkmann.

Boiger legte den Kopf schief und starrte den Feldwebel verwundert an.

»Volkmann, wie machen Sie das eigentlich immer?«

»Wie meinen Sie das?«

»Sie sind immer mittendrin«, meinte der Hauptmann und deutete mit dem Finger auf seinen Gesprächspartner. »Es ist so, als würden Sie den Ärger magisch anziehen.«

»Nein, ich glaube, der Ärger weiß, wo man mich hinschicken will, und dann wartet er dort jedes Mal auf mich«, sagte Volkmann und zeigte keck die Zähne. Dieses Zitat aus einem Film hatte er schon immer mal an den Mann bringen wollen.

Boiger wirkte jedoch nicht sonderlich amüsiert.

»Ich meinte das durchaus ernst, Feldwebel! Ich verstehe einfach nicht, wie Sie dabei immer so gelassen bleiben können.«

Volkmann lehnte sich mit der unverletzten Schulter gegen die Splitterschutzbox.

»Was bringt Sie auf den Gedanken, dass ich gelassen bin?«

»Na ja, Sie wirken so«, meinte Boiger.

Volkmann stieß ein amüsiertes Schnauben aus und streckte dem Hauptmann beide Hände entgegen.

»Sehen Sie das?«

Boiger blickte nach unten und bemerkte, dass die Hände des Feldwebels zitterten. Erstaunt sah er wieder auf. »Aber … ich dachte immer …«

Volkmann ballte die Hände zu Fäusten.

»Das passiert mir jedes Mal nach einem Kampf.«

Der Hauptmann forschte im Gesicht des Feldwebels und dann erhellte die Erkenntnis seine eigenen Züge.

»Ich denke, ich verstehe endlich. Es hat lange gedauert, aber jetzt verstehe ich es endlich.«

Volkmann hatte nicht die geringste Ahnung, wovon der Hauptmann da gerade sprach, was Boiger ihm offensichtlich ansah.

»Ich möchte ehrlich zu Ihnen sein, Feldwebel. Ich habe Sie immer um Ihre Gelassenheit beneidet. Schon damals in Afghanistan. Aber jetzt weiß ich, dass wir gar nicht so verschieden sind.« Boiger schüttelte leicht den Kopf. »Ich weiß allerdings noch nicht, ob ich das jetzt gut oder schlecht finden soll.«

Und dann lächelte der Hauptmann breit. Jenes Lächeln in dem sonst immer so mürrischen Gesicht ließ Boiger wie einen völlig anderen Menschen erscheinen.

Volkmann starrte den Hauptmann verblüfft an. Hatte Hauptmann Boiger etwa gerade einen Witz gerissen?

»Haben Sie wirklich beim FHQ Bamako protestiert?«, hakte Volkmann, einem Impuls folgend, nach.

»Natürlich habe ich das.« Boiger zuckte mit den Schultern. »Es konnte doch jeder sehen, dass der Befehl angesichts der Umstände vollkommen schwachsinnig war.«

Nun war es Volkmann, der den Hauptmann eindringlich studierte.

»Ich denke, ich muss mich bei Ihnen für das, was ich über Sie gedacht habe, entschuldigen.«

»Lassen wir es einfach gut sein«, wehrte Boiger ab. »Ich habe das eine oder andere Mal auch etwas unfreundliches über Sie gedacht.«

Der Feldwebel streckte die Hand aus und Boiger griff ohne zu zögern zu.

»Jedenfalls bin ich froh, dass wir uns endlich ausgesprochen haben«, sagte Boiger.

»Ja, das bin ich auch, Herr Hauptmann.«

»Armin?« Eine sanfte Frauenstimme erklang. Volkmann konnte sie im Halbdunkel nicht erkennen, aber sie klang nach der Stabsärztin vom BAT. »Armin? Bist du das?«

Boiger schoss das Blut ins Gesicht, das abrupt eine bemerkenswerte Ähnlichkeit mit einer reifen Tomate aufwies.

»Ähm … ja, ich … wir haben uns nur kurz unterhalten, Nadine.«

»Dann möchte ich Sie nicht länger behelligen, Herr Hauptmann«, sagte Volkmann rasch. »Ich wünsche Ihnen noch einen schönen Abend.«

»Ja, Ihnen auch, Feldwebel. Danke.«

Volkmann deutete einen Gruß an und machte sich schnell davon. Ein Schmunzeln zierte dabei sein Gesicht. Wunder und immer wunderlicher! Nicht nur, dass Hauptmann Boiger sich für die Männer eingesetzt hatte, er riss nun auch noch Witze und schlich durch die Nacht, um seine Freundin zu besuchen! Und deshalb war der Hauptmann auch immer wieder am Schießplatz aufgetaucht, wenn der BAT dort übte. Der Feldwebel amüsierte sich königlich über den sonst so steifen Offizier. Wahrscheinlich war Boiger doch in Ordnung.

Vielleicht sollte er Kristina sagen, dass der Hauptmann auf dem Schießplatz nur nach seiner Freundin sehen wollte, als sie mit ihm aneinandergeraten war. Der Feldwebel sah nachdenklich auf die Reihe der Wohncontainer, zögerte kurz und marschierte dann zu Container T-437.

Er zögerte erneut, ehe er anklopfte.

Oberfeldwebel Wolff öffnete nach einigen Sekunden.

»Oh, Michael … solltest du nicht im Lazarett sein?«

»Ich wurde entlassen.« Er musterte sie besorgt. Ihre Augen waren gerötet und sie wirkte auf ihn sehr verstört und aufgewühlt. »Und ich wollte sehen, wie es dir geht.«

»Komm doch rein«, bat sie leise. »Meine Stubenkameradin hat gerade Dienst.«

Er betrat den Container. Sie hatte einen Laptop aufgeklappt und schien an einem Bericht über die Ereignisse zu arbeiten. Zwei kleine, leere Fläschchen Wodka standen auf dem Tisch. Er wählte den zweiten Stuhl aus und sah zu, wie sie sich wieder vor den kleinen Computer setzte.

»Ich habe gerade versucht, meinen Bericht abzuschließen«, sagte sie bedrückt. »Aber ich komme nicht weiter … Einen Gegner durch den Einsatz der persönlichen Waffe – einer Maschinenpistole Typ MP7 – neutralisiert … So soll es in den Bericht, aber ich … und dann das Massaker in dem Dorf …«

Ihre Stimme versagte, sie starrte ins Leere.

»He, Kristina, ist schon gut«, sagte er sanft, was sie dennoch aufschreckte.

»Entschuldige.« Sie griff nach den Wodkafläschchen, sah, dass beide leer waren, und warf sie in den Mülleimer. Ruhelos erhob sie sich, ging zum Kühlschrank und kehrte mit zwei weiteren Fläschchen zurück.

»Habe ich mir aus der Bar besorgt«, erläuterte sie, während sie ihm eines der Fläschchen reichte. »War nie ein Fan von Wodka, aber heute …«

»Ist schon in Ordnung, Kristina, ich verstehe das.«

Der sanfte klang seiner Stimme veranlasste sie dazu, ihm tief in die Augen zu sehen.

»Ja. Ja, wahrscheinlich verstehst du das am besten.«

Kristina drehte das Fläschchen auf, wartete, bis er seines ebenfalls geöffnet hatte, und stieß mit ihm an.

»Was ist mit Matze und Modibo?«, fragte sie nach dem ersten Schluck.

»Matze fliegt mit der nächsten Maschine nach Hause. Modibo wird in ein Lazarett der malischen Armee verlegt. Die beiden werden schon wieder.«

»Das ist gut.«

Er sah sie an. »Als du mit Boiger auf dem Schießplatz aneinandergeraten bist …«

»Was war da?«

»Ich denke, er wollte seine Freundin besuchen und war so nervös, dass er dir gegenüber die falschen Worte gewählt hat.«

»Moment Mal!« Kristina sah ungläubig auf. »Boiger hat eine Freundin?«

»Jupp. Nadine vom BAT.«

»Nadine!« Sie lachte auf und schlug die Hände gegeneinander, dass es klatschte. »Das hätte ich nie gedacht! Nadine und Boiger!«

»Ich habe es auch gerade erst erfahren.«

Sie lächelten sich an.

Eine Stunde später standen vier leere Wodkafläschchen auf dem Schreibtisch und Kristina stellte fest, dass sie während dieser Zeit fast ununterbrochen geredet hatte. Und sie hatte ihm viel erzählt. Von der Schule und ihrem ersten Freund. Von Alexander, der sie wegen einer anderen sitzen ließ, obwohl er ihr zuvor ewige Liebe geschworen hatte. Vom Auslandseinsatz in Ostafrika. Er hatte ihr nur aufmerksam zugehört, manchmal genickt oder Bemerkungen gemacht. Sie trank die letzten Schlucke aus dem Fläschchen und gab sich für einen Moment der angenehmen Wärme hin, die ihren Körper erfüllte.

»Michael?«, fragte sie schließlich bedächtig. »Wie war es für dich, als du zum ersten Mal jemanden getötet hast?«

»Schrecklich«, gab er offen zu. »Es war in Kunduz. Einer der afghanischen Soldaten drehte durch und feuerte auf unsere Leute. Er tötete und verwundete mehrere Kameraden. Ich hatte keine Wahl, ich musste ihn erschießen.«

»Was hast du gemacht?«

»Mich übergeben.«

Kristina lächelte schwach.

»Das meinte ich nicht.«

Er dachte darüber nach. »Habe mit den Kameraden gesprochen, naja, hauptsächlich mit Neubert. Und dann mit Ramona, die damals beim evangelischen Pfarrer Schreiberin war. Die Gespräche mit ihr und dem Pfarrer haben mir sehr geholfen.«

»Deine Verlobte?«

»Ja. Also, damals waren wir noch nicht verlobt, erst viel später.«

»Und dann ist sie gestorben«, sagte sie leise.

Er nickte stumm, unfähig etwas zu erwidern.

»Wir sind schon ein paar völlig kaputte Typen«, meinte sie kichernd, um dann in der nächsten Sekunde wieder ernst zu werden. »Bringt es überhaupt etwas?«

»Was?«, fragte Volkmann, verwirrt von ihrem plötzlichen Gedankensprung.

»Unser Einsatz hier. Oder in Afghanistan. Oder am Horn von Afrika. Bewirken wir mit unserem Einsatz etwas? Irgendwas?«

»Für einige Menschen schon«, meinte er nachdenklich. »Für einige bewirken wir etwas, einigen können wir helfen wie zum Beispiel den Leuten in diesem Dorf.«

»Aber den Leuten in dem anderen Dorf konnten wir eben nicht helfen!« Sie schüttelte den Kopf, voller Zweifel. »Ich wollte nicht herkommen und Leute erschießen. Ich wollte helfen. Aber jetzt … jetzt will ich nicht mal schlafen gehen, weil ich Angst habe, alles wieder in meinen Träumen zu sehen.«

»Du wirst irgendwann schlafen müssen, Kristina«, sagte er leise. »Und du wirst alles irgendwann in deinen Träumen nochmal durchleben und keine andere Wahl haben, als damit klar zu kommen.«

Ihre Selbstbeherrschung zerbrach. Sie sprang vom Stuhl auf, warf sich an seine Brust und weinte. Instinktiv zog er sie an sich und legte die Arme um sie. Schweigend saßen sie da.

Irgendwann versiegten ihre Tränen und ihr wurde die Wärme seines Körpers bewusst.

»Entschuldige«, brachte sie schließlich hervor, hob den Kopf und lächelt schief. »Du musst mich für ein schwaches Weibchen halten.«

»Du bist nicht schwach«, sagte er sanft. »Du bist viel stärker, als du selbst glaubst.«

Erneut breitete sich Stille im Container aus.

Sie sahen sich tief in die Augen.

»Ich habe dich sehr gern, weißt du?«, vertraute sie ihm an.

»Ich …« Volkmann hatte plötzlich einen Kloß im Hals, musste ihn erst herunterschlucken, bevor er antworten konnte: »Ich habe dich auch sehr gern, Kristina.«

Sie sah ihn an, schien auf etwas zu warten, aber sein Kopf war nun, nachdem er es zugegeben hatte, völlig leer. Kristina seufzte. Offenbar waren hier direktere Aktionen angesagt. Sie schlang die Arme um seinen Hals.

»Dann küss mich endlich, du Trottel.«

*

Kristina schlug die Augen auf.

Neben dem Feldbett stand ein kleiner Tisch, auf dem sie ihren Reisewecker platziert hatte. Die Digitaluhr zeigte 04:03 Uhr.

Michael hatte ihr zwar prophezeit, dass sie früher oder später mit Alpträumen rechnen müsse, aber dass sie von ihnen gleich in dieser Nacht heimgesucht wurde, behagte ihr überhaupt nicht.

Michael …

Das kleine Nachtlicht des Wohncontainers spendete genug Helligkeit, um ihn deutlich zu erkennen. Michael schlief tief und fest. Er lag auf dem Rücken, seine Brust hob und senkte mit jedem seiner ruhigen Atemzüge. Sein rechter Arm hielt sie umschlungen, die warme Hand lag auf ihrer Hüfte. Sie selbst hatte sich an seine Seite gekuschelt, eine Hand auf seiner Brust, mit dem rechten Bein seinen Oberschenkel drapiert.

Feldbetten waren nicht für die Benutzung durch zwei erwachsene Personen entworfen worden. Als Ausweichlösung hatten sie die Schaumstoffmatratze und die Decken kurzerhand auf dem Boden ausgebreitet. Alles Weitere hatte sich dann von selbst ergeben.

Vorsichtig, um ihn nicht zu wecken, hob sie ihre Hand und streichelte sanft sein Gesicht. Sie fuhr mit den Fingern sein Kinn und den Hals entlang zu seiner linken Schulter. Die Prellungen hatten sich inzwischen verfärbt, auf den kleinen Wunden wucherte Schorf. Ihre Finger strichen seine Brust hinunter, verharrten bei den Narben. Weitere Spuren von alten Verletzungen befanden sich auf seinem Bauch. Kristina wusste, dass er vor einigen Jahren in Afghanistan angeschossen worden war. Die Weste hatte zwar die Geschosse aufgehalten, die ballistischen Schutzplatten waren jedoch durch die kinetische Energie der Treffer zerschmettert worden. Die Bruchstücke aus Keramik hatten Michael erhebliche Verletzungen zugefügt.

Er hätte damals sterben können.

Sie kannten sich jetzt seit vier Monaten. Gleich zu Beginn auf dem Flugfeld hatte er ihr das Leben gerettet. Und irgendwie hatte es sich seither ergeben, dass sie fast die gesamte Zeit zusammen verbracht hatten.

Himmel, er wäre gestern fast umgekommen!

Die Erkenntnis, die mit diesen Gedanken einherging, schockierte sie nachträglich. Vor Schreck krallten sich ihre Finger in seinen Bauch.

Schlagartig wachte er auf, seine Augen suchten den Raum blitzschnell ab, bevor sein Blick auf Kristina fiel.

»Entschuldige.«

»Was?«

»Ich bin eingeschlafen.«

»Dafür brauchst du dich doch nicht zu entschuldigen. Du hattest allen Grund, erschöpft zu sein.«

Verspätet wurde ihr klar, wie er ihre Worte auslegen konnte. Michael lachte glucksend.

»Ich liebe es, wenn du errötest«, sagte er.

»Ich erröte nicht!«

Er schnaufte spöttisch.

»Wie spät ist es?«

»Kurz nach vier.«

»Da hätten wir doch noch eine Stunde schlafen können«, beschwerte er sich gähnend.

»Ja«, sagte Kristina und spürte, wie ihr wieder das Blut in die Wangen stieg. »Ich habe auch nicht gesagt, dass wir schon aufstehen müssen.«

»Oh.« Michael lächelte sie an. »Würdest du jetzt zugeben, dass du errötest?«

»Halt die Klappe, Michael.«

Sie beugte sich vor und küsste ihn.

»Ich liebe dich, weißt du?«

»Ich liebe dich auch, mein Schatz.«

Am Fluss Niger, nordwestlich von Bourem

Die französische Patrouille der MINUSMA näherte sich der kleinen Ansammlung von etwa einem Dutzend der in Mali allgegenwärtigen

Lehmhütten. Die winzige Siedlung schmiegte sich an eine Biegung des Flusses Niger, dem die Schotter- und Lehmpiste folgte.

Das erste Fahrzeug der Kolonne war ein leichter Radpanzer ECR-90 Sagaie. Der junge Kommandant, Schutzbrille und Staubtuch im Gesicht, stand in der offenen Turmluke und blickte über den Lauf der 90-Millimeter-Kanone auf die Piste. Einige verstreute Hühner unterbrachen ihre Futtersuche und flüchteten panisch vor dem lärmenden Ungetüm, das sich ihnen näherte.

Capitaine Lefevre blickte dem flatternden Federvieh hinterher. Hinter seinem leichten Panzer folgten ein VBL-Spähwagen und dann vier VAB-Transportpanzer. Ein zweiter Spähwagen und ein weiterer ECR-90 bildeten das schließende Element der Kolonne.

Alles war ruhig.

Keiner der Dorfbewohner war zu sehen.

Für gewöhnlich versuchten sich die Menschen in dieser Gegend mit ein wenig Fischfang und dem Anbau von Nutzpflanzen über Wasser zu halten. Einmal die Woche fuhren sie mit dem Bus in die nächste größere Stadt, um einen Teil ihres Ertrags auf dem Markt in Bourem feilzubieten. Den Patrouillen der UN-Mission gegenüber verhielten sie sich mehr oder weniger aufgeschlossen. Oft suchten sie aus eigenem Antrieb heraus das Gespräch mit den Soldaten, um die neusten Geschichten oder Klatsch auszutauschen. Nun jedoch erschien das Dorf wie ausgestorben.

Genau dieser Umstand löste die Alarmglocken im Kopf des Panzerkommandanten aus. Trotz seiner relativen Jugend war Lefevre ein erfahrener Veteran. Seit 2013 diente er in Mali und hatte bereits Freunde und Kameraden in diesem Konflikt verloren.

Vor Lefevre im Turmdrehkranz war ein Maschinengewehr vom Typ FN MAG montiert und er legte die Hand auf den Griff.

Alarmiert scannte er die Umgebung. Hinter dem ausgeschlachteten Wrack eines irgendwann liegengebliebenen Geländewagens erspähte er eine zusammengekauerte, vermummte Gestalt. Der Franzose erfasste instinktiv die Absicht des Aufständischen und richtete den Lauf seines MG auf ihn. Doch es war zu spät, die Zeitspanne reichte dem Vermummten, um den Auslöser zu betätigen.

RUMMS!

Ein fürchterlicher Knall ertönte, ein dumpfes, den ECR-90 erschütterndes Grollen. Eine gewaltige Druckwelle jagte über Lefevre hinweg. Reflexartig trat der Fahrer des Panzers auf die Bremse und Lefevre wurde gegen den Rand des Turmluks geschleudert. Obwohl seine Ohren ob der Detonation fiepten, vernahm er das Quietschen von Bremsen und ein Knirschen von Metall, als eines der nachfolgenden Fahrzeuge auf seinen Panzer auffuhr.

Ein Hagelschauer aus Dreck und Steinen ging über ihm nieder. Erneut hatte er Kameraden verloren, da war sich Lefevre in diesem Augenblick ganz sicher.

Eine mörderische Wut kochte in ihm hoch und er packte wieder das MG. Dem vermummten Aufständischen hinter dem Autowrack blieb nur noch ein triumphierender Blick, dann bohrten sich die 7,62-Millimeter-Geschosse durch das dünne Blech der Karosserie und bereitetem seinem Leben ein jähes Ende. Schwer atmend sicherte Lefevre das Maschinengewehr. Er wollte sich nicht umdrehen, wollte nicht das Grauen sehen, von dem er bereits wusste, dass es ihn erwartete. Doch die Pflicht wog schwerer als seine Abscheu.

Der VBL-Spähwagen sah aus, als hätte ein Riese ihn gepackt und zwischen seinen großen Fingern zerquetscht. Verbogenes sandfarbenes Metall. Schwarzer Rauch stieg über den lodernden Flammen in den Morgenhimmel. Dort lagen ein Stiefel, ein Stahlhelm, eine verbogene Waffe.

Erschüttert starrte Lefevre auf das Wrack. Keiner der drei Männer aus dem VBL konnte mit dem Leben davongekommen sein.

Die nachfolgenden Transportpanzer standen ineinander verkeilt hinter dem großen Krater, der sich vor ihnen aufgetan hatte. Infanteristen schwärmten aus, sicherten die Umgebung.

Capitaine Lefevre klappte das Mikrofon seines Helms vor den Mund, um den Vorfall zu melden.

Camp Castor, kurze Zeit später

»Es geht wieder raus«, kündigte Hauptmann Boiger an. Der Einsatzoffizier stand zwischen den Fahrzeugen und Besatzungen der Patrouille, die sich im Motorpool versammelt hatten. Neben den zwei RG-31 und den beiden malischen Radpanzern vom Typ BTR-60 waren drei Dingos und drei Fuchs des deutschen Kontingents für den Einsatz vorgesehen.

»Der Befehl lautet: Patrouille entlang des Niger von Gao bis Bourem. Seien Sie um Himmels Willen vorsichtig da draußen, eine französische Patrouille hat es nördlich von Bourem schwer erwischt. Die Stadt selbst befindet sich zwar wieder in der Hand der Regierungstruppen und es laufen Friedensgespräche zwischen Vertretern der malischen Regierung und der Aufständischen, aber das heißt ja nichts. Solche Gespräche gibt es seit vier Jahren. Also halten Sie die Augen offen und passen Sie auf sich auf.«

»Ihr habt es gehört, Leute!«, rief Capitaine Bamba seiner Abteilung zu.

Leutnant Yilmaz sah seine eigenen Leute an.

»Es geht los! Aufsitzen!«

Die Angehörigen der Patrouille eilten zu ihren Fahrzeugen.

In all dem Durcheinander gelang es Oberfeldwebel Wolff, Feldwebel Volkmann für ein paar Sekunden am Arm festzuhalten.

»In zwei Wochen wollte ich Urlaub nehmen«, kündigte Kristina an. »Wie wäre es, wenn du dann ebenfalls ein paar Urlaubstage beantragst, Digger? Vielleicht könnte man ja mal etwas zusammen unternehmen.«

»Das würde mir sehr gefallen«, meinte er lächelnd. Volkmann drückte kurz ihre Hand und dann hasteten sie jeweils zu ihrem Fahrzeug.

Jewgeni und Stitch grinsten den Feldwebel breit an, als sich dieser durch die Heckluke quetschte.

»Du verstehst dich neuerdings wirklich seeeeehr gut mit Oberfeldwebel Wolff, oder, Digger?«, meinte der russischstämmige Stabsgefreite.

»Halt die Klappe, Jewgeni.«

Volkmann schloss die Heckluke, richtete sich auf und öffnete die Luke am Dach. Um bei feindlichem Beschuss mehr Schutz zu haben, hatten die Soldaten dort mit Brettern und Sandsäcken provisorische Schützenstellungen angebracht. Der Technische Offizier hatte zwar Zeter und Mordio geschrien, aber Hauptmann Boiger hatte ihn angewiesen, Ruhe zu geben und sich lieber um die GTK Boxer zu kümmern. Volkmann legte den Lauf seines G36K auf einem Sandsack ab und ließ den Blick schweifen.

Motoren sprangen grollend an, Abgaswolken trieben umher. Capitaine Bamba und Leutnant Yilmaz standen in den offenen Seitentüren ihrer Fahrzeuge und bewegten die erhobenen Fäuste auf und ab.

Abfahrt!

Beide schwangen sich ins Innere und knallten die Tür zu.

Die Kolonne setzte sich in Bewegung.

Ein Kampfhubschrauber hob vom Flugfeld ab, um den Start eines Transportflugzeugs abzusichern.

Eine Drohne kreiste über Camp Castor.

Alltag für die Soldaten der MINUSMA.

Alltag in Mali.

ENDE

Nachwort

Ich begann mit den Arbeiten an diesem Manuskript im Frühjahr 2017, also noch bevor der Tiger-Kampfhubschrauber in Mali abstürzte und somit die ersten Toten des deutschen MINUSMA-Kontingents zu beklagen waren. Aus beruflichen und organisatorischen Gründen wurde diese Arbeit aber zurückgestellt und andere Projekte vorgezogen. Als ich dann wieder zu diesem Werk griff und die aktuellen Entwicklungen bis Ende 2019 mit einbezog, musste ich feststellen, dass sich in diesem Konflikt nicht viel bewegt hatte. Nach wie vor wird verhandelt, nach wie vor sterben Menschen.

Mehr als 13.000 UN-Soldaten sind in Mali stationiert, davon gehören 1.100 der Bundeswehr an, und doch hat sich die Sicherheitslage in dem krisengeschüttelten Land weiter verschlechtert. Die Gewalt eskaliert stetig, die islamistischen Terrorgruppen verzeichnen mehr Zulauf als jemals zuvor. Zudem brechen alte Stammeskonflikte wieder auf, die teilweise in sogenannte ethnische Säuberungen ausarten. Laut Vereinten Nationen wurden allein im Jahr 2019 mindestens 500 Menschen bei Massakern getötet. Fast jeden Tag finden Angriffe auf die Zivilbevölkerung statt, wobei die Hintergründe für die UN meist nicht zu ermitteln sind. Das schürt weiterhin Angst und Unsicherheit, das Misstrauen gegen die Regierung und die Armee wächst. In einigen Fällen hat die malische Regierung Übergriffe der Armee gegen die Bevölkerung zugegeben, darunter eine außergerichtliche Hinrichtung mit dutzenden Toten, deren Leichen in einem Massengrab gefunden wurden.

Was könnte die malische Regierung also unternehmen, um dem wachsenden Kontrollverlust zu begegnen? Nun, unser Außenministerium, vertreten durch Herrn Heiko Maas, hatte eine klare Vorstellung davon, was die malische Regierung unternehmen sollte: ihre ureigene Pflicht erfüllen, nämlich Leben und Besitz der Bevölkerung schützen, Recht sprechen und Machtmissbrauch verhindern.

Es tut mir leid, aber in Anbetracht der Tatsache, dass unsere Regierung IS-Rückkehrer – darunter auch bekannte Massenmörder –, sowie deren Familien nach Deutschland einfliegen lässt, klingen solche Aussagen für mich wie blanker Hohn.

Außerdem ist zu bedenken, dass die Regierung in Bamako einen Staat zu lenken hat, der etwa dreimal größer ist als Deutschland und in dem es mehr als zehn unterschiedliche Ethnien gibt, die über 20 verschiedene Sprachen sprechen. Diese zu vereinen und sie zu einer Nation zu formen, ist – gelinde gesagt – eine enorme Herausforderung. In Anbetracht der Tatsache, dass Mali von weiteren, ebenfalls im Chaos versunkenen Staaten umgeben ist, könnte man sogar von einer Sisyphusarbeit sprechen.

Vor seinem Sturz 2011 warnte Gaddafi in Libyen vor einer Eskalation der Konflikte in Afrika. Terrorgruppen würden sich über den gesamten Nahen Osten und Afrika ausbreiten. Und so kam es dann auch: Waffen und Kämpfer wanderten vom zerfallenen Libyen aus in die Sahelzone, nach Algerien und Mali. Der Islamische Staat erkämpfte sich in weiten Bereichen der Region eine Vormachtstellung und verbündete sich unter anderem mit den Tuareg in Nordmali. Die bekannte Terrorgruppe Boko Haram, die im Norden Nigerias operierte, schloss sich ebenfalls dem IS an.

Die Kämpfe toben bis heute, mit all ihren Folgen: Elend, Not, großflächige Zerstörungen und Flüchtlingsströme. Und das betrifft auch uns, in unseren Heimatländern in Europa.

*

Ein anderes großes Problem in der Region sind die mannigfaltigen Terrorgruppen, die sich neben dem Nahen Osten auch in Afrika immer weiter ausbreiten, scheinbar ohne Gegenwehr. Doch egal, ob nun Islamischer Staat, Al-Quaida, Al-Nusra-Front, Boko Haram, Al-Shabaab, Ansar-al-Sharia, Hamas oder Hisbollah (diese Liste ließe sich noch beliebig erweitern), was ist all diesen Gruppierungen gemein? Nun, zunächst einmal der extreme Islamismus. Islamistische Terroristen bezeichnen all ihre Aktivitäten als Dschihad, also als »heiliger Krieg«, und sie berufen sich zur Rechtfertigung ihrer Aktionen auf die Grundlagen des Islam, auf den Koran und die Sunna (vereinfacht: vorislamische Sitten und Gebräuche), wobei diese teils den jeweiligen Absichten entsprechend ausgelegt werden. Für den durchschnittlichen Westeuropäer ist dieses komplexe Geflecht aus religiösen und machtpolitischen Verwicklungen nicht zu verstehen und selbst unter den Muslimen selbst herrscht, z. B. bei der Auslegung der verschiedenen Suren des Korans, keine einheitliche Sichtweise. Jedoch leben in mehr als 100 Ländern der Erde über 1,6 Milliarden Muslime, was aufgerundet etwa einem Viertel der Menschheit entspricht. Nach eigenen Angaben sind 10 % dieser Menschen bereit, für den »heiligen Krieg« zu den Waffen zu greifen und uns »Ungläubige« im Namen Allahs zu töten. Diejenigen, die sich am stärksten mit der extremen Auslegung des Islam identifizieren, sind auf total Weise gegen unsere Art zu leben eingestellt. Es handelt sich um Anhänger des politischen Islam und des Salafismus, sie sind potenzielle Terroristen.

Ich persönlich bin der Ansicht, dass wir uns dieses Problems gewahr sein sollten, statt es aus Gründen der politischen Korrektheit oder schlicht der Bequemlichkeit zu ignorieren. Wenn ein hungriger Tiger in Ihrem Schlafzimmer steht, können Sie sich natürlich die Decke über den Kopf ziehen, so tun, als wäre er nicht da, und ruhig weiterschlafen, aber würden Sie darauf wetten wollen, dass Sie am Morgen noch unbeschadet aufwachen?

Damit ich nicht falsch verstanden werde, möchte ich an dieser Stelle klarstellen: Ich halte die islamistischen Terroristen und deren Sympathisanten für ein Problem, nicht jedoch die Muslime an sich. Viele muslimische Organisationen und Geistliche lehnen die islamistisch motivierten Terroranschläge gegen unschuldige Menschen deutlich ab. So wurden die Terroranschläge 2001 in den USA, die Madrider Zuganschläge 2004, die Anschläge in London 2005 oder das Massaker in Paris 2015 scharf verurteilt. Leider gingen diese Stimmen in der allgemeinen Berichterstattung unter. Bilder von Terroristen, die dem Westen auf Youtube mit der Vernichtung drohen, generieren eben mehr Klicks oder Zeitungsleser als Geistliche, die für ein friedliches Zusammenleben werben.

Ich habe während meiner Zeit bei der Bundeswehr und auch später eine große Anzahl wunderbarer Menschen kennengelernt; darunter befanden sich Christen, Juden, Hindus und Muslime. Wenn man stark verallgemeinert, könnte man sagen, die Menschen, denen ich begegnet bin, möchten im Prinzip nur in Frieden ihrer Arbeit nachgehen und ihren Kindern beim Aufwachsen zusehen.

Eines sollte man unbedingt beachten: Behandeln Sie ihr Gegenüber mit Respekt, ansonsten werden Sie gewaltige Schwierigkeiten bekommen.

Zu diesem Respekt zählt auch, sich mit dem Islam zu beschäftigen. Viele Menschen in unserer Heimat reden zwar oft über den Islam, aber sie wissen eigentlich gar nicht viel darüber. Ich fasse die wichtigsten Punkte einmal knapp zusammen:

Mohammed wurde 570 als Angehöriger des Quraysh-Stamms in Mekka geboren. Der Engel Gabriel schenkte ihm den ersten Teil des Korans in einer Höhle des Berges Hira im Jahre 610. Danach wurde Mohammed zum Propheten und zum Begründer einer neuen Glaubensrichtung.

Die Stütze des Islam sind die fünf Säulen des Glaubens: Die erste besagt, dass es keinen Gott gibt außer Gott – Allah – und Mohammed ist sein Prophet. Dann gibt es die feierlichen Gebete, wobei die Stirn den Boden berührt. Es gibt das Fasten an Ramadan, der immer im neunten Monat des moslemischen Kalenders abgehalten wird. Der Ramadan dauert einen Mondmonat und legt den Gläubigen das Folgende auf: kein Essen, Trinken, Rauchen oder Sex am Tage. Er beginnt, sobald im Tageslicht ein weißer Faden von einem schwarzen unterschieden werden kann, und er endet beim Einbruch der Dunkelheit mit einem Gebet und einem Mahl namens Iftar. Die vierte Säule verpflichtet dazu, Almosen zu geben. Die fünfte bedeutet eine Wallfahrt nach Mekka, die jeder Moslem einmal im Leben machen sollte.

Dann gibt es noch den vielzitierten Jihad oder auch Dschihad. Der Heilige Krieg, der dazu dient, Gebiete oder Länder zu erobern, die von Nicht-Moslems beherrscht werden. Der Dschihad selbst geht auf Mohammed zurück. Als er im Jahre 632 starb, besaßen die Moslems die Kontrolle über die Arabische Halbinsel. In den nächsten 100 Jahren trug der Dschihad den Islam über den ganzen Mittleren Osten, von Afghanistan bis nach Spanien.

*

Warum hassen also die extremen Islamisten uns »Ungläubige« und unsere Lebensweise so sehr? Worum geht es in diesem Krieg?

Nehmen wir einmal an, die arabischen Länder hätten keine Ölreserven mehr. Was bliebe ihnen dann noch? Sie haben der Welt die Mathematik und einige der wundervollsten Werke der Baukunst gegeben, sie haben einst die ganze bekannte Welt beherrscht – aber heute? Abgesehen vom Öl und dem damit verbundenen Reichtum sind sie im Grunde weitgehend machtlos. All die modernen Gebäude in der arabischen Welt wurden von »Ungläubigen« konstruiert und größtenteils auch gebaut. Ebenso ihre Flugzeuge, ihre Telefonsysteme und sogar ihre Abwasserkanäle. Und die arabischen Länder brauchen die »Ungläubigen«, damit sie alles in Betrieb halten. Nicht umsonst wurden Zehntausende südasiatische Gastarbeiter angeheuert, um in Dubai Hunderte von Hochhäusern, Hotels und auch Fußballstadien zu errichten.

In den Golfstaaten existiert ein »Sponsorensystem«, was bedeutet, dass der legale Aufenthalt der Arbeiter an einem einzelnen Arbeitgeber oder Geldgeber hängt, dem sie oft ihren Pass aushändigen müssen. Der Arbeitsmigrant darf nicht in das Land einreisen, den Arbeitsplatz wechseln oder das Land verlassen, ohne zuvor die ausdrückliche schriftliche Genehmigung des »Sponsors« eingeholt zu haben. Das öffnet die Tür für Ausbeutung, unmenschliche Arbeitsbedingungen und andere Formen des Missbrauchs wie etwa Zwangsarbeit oder Zwangsprostitution, lange Arbeitstage ohne Pause, Freiheitsberaubung, nicht ausgezahlte Löhne, sexuelle und andere Gewalt. So sind allein in den Emiraten zwischen 2004 und 2006 über 880 Gastarbeiter aufgrund unmenschlicher Arbeitsbedingungen ums Leben gekommen.

Geschätzte neun von zehn saudische Haushalte beschäftigen Haushaltshilfen, die meist aus Indonesien, von den Philippinen oder aus Sri Lanka stammen. Diese jungen Frauen sind den Launen ihrer »Sponsoren« schutzlos ausgeliefert; mehr als die Hälfte von ihnen wird Opfer sexueller Übergriffe. Und wenn ihre Herren ihrer überdrüssig geworden sind, werden sie oftmals per App über Facebook oder Google verkauft. Moderne Sklaverei per Smartphone-App.

Darüber empören sich manche unsere westlichen Feministinnen allerdings recht selten. Das sind einige jener Frauen, die immer wieder in den Nachrichten zu sehen sind, wobei sie T-Shirts tragen, auf denen steht: »I love feminism and islam«, sie erinnern sich bestimmt. Tatsächlich verhält es sich so, dass solche Frauen in der Vergangenheit besonders leicht vom IS angeworben werden konnten. Sie verstanden sich nicht länger als Britinnen oder Deutsche, sondern als Mitglieder des Islamischen Staates, und dachten, der IS würde ihnen tatsächlich dabei helfen, sich zu emanzipieren. In islamisch geprägten Ländern herrscht jedoch das Patriarchat, das legt der Koran so fest. Der Einzige, der das abgeschafft hatte, war Kemal Atatürk, aber mit der Re-Islamisierung der Türkei durch Präsident Erdogan hat sich das 2017 wieder geändert. Wie nicht anders zu erwarten, endeten viele dieser meist jungen Idealistinnen dann auch als Ehefrauen oder Sklavinnen, aber einigen gestand der IS durchaus eine wichtige politische Rolle zu – als Selbstmordattentäterin. Eine junge Britin, die von kurdischen Milizen in Nordsyrien gefangen genommen wurde, sagte dazu, dass es besser sei, eine Terroristin in Syrien zu sein als eine Hausfrau in Essex.

Mittlerweile lässt die deutsche Regierung IS-Terroristen und deren Familienangehörige zurück in die Bundesrepublik einreisen. Mehr als 1.000 weitere deutschstämmige IS-Kämpfer warten derzeit noch auf ihre Rückführung. Diese fanatischen Gotteskrieger haben beim Überqueren der deutschen Grenze ihre extremistischen Ansichten doch nicht einfach abgelegt, wie Sie oder ich eine alte Jacke. Geschätzte 350 (Ex-)Terroristen befinden sich bereits im Land. Wie soll man mit diesen Leuten umgehen? Allein bis Ende 2018 gab es über 2.500 Verfahren gegen mutmaßliche islamistische Terrorverdächtige. Mehr als die Hälfte der Verfahren wurde aus politischen Gründen eingestellt, ein weiteres Drittel, weil es der Justiz an Zeit, Geld und Beweisen mangelte. Und von den 67 Personen, die tatsächlich seit 2015 rechtskräftig wegen Terrorismus zu Gefängnisstrafen verurteilt wurden, befinden sich inzwischen über 30 wieder auf freiem Fuß oder sie verbüßen lediglich Bewährungsstrafen.

Inzwischen dürfte es der absolute Alptraum der Bundesregierung sein, dass einer der so großzügig zurückgeführten IS-Terroristen in Deutschland einen Anschlag verübt. Unsere Sicherheitsbehörden warnen sehr nachdrücklich vor dieser leider realen Möglichkeit, können die IS-Kämpfer jedoch nicht strafrechtlich verfolgen. Vielleicht werden bei uns ja auch bald, so wie aktuell in Schweden bekanntgeworden, IS-Terroristen an Schulen unterrichten und die Schüler für ihre radikale Auslegung des Islam gewinnen.

Aber seien Sie beruhigt, Bundeskanzlerin Angela Merkel versicherte, es gebe keinen Grund zur Sorge.

Ich erlaube mir, anderer Meinung zu sein.

*

Doch zurück zu den Gründen des Hasses. Die Welt, in der wir heute leben, ist nicht die Welt, die Mohammed den Muslimen vorausgesagt hat. Mohammed hat seinen Anhängern im Koran versprochen, dass sie die ganze Welt beherrschen werden. Und alle seine Anhänger wissen dies, weil höhere Bildung in der arabischen Welt hauptsächlich für Männer – nur für Männer – vorgesehen ist, die den Koran studieren. Und da sie unfehlbar sind, muss es die Schuld von jemand anderen sein - den Ungläubigen.

In Kuwait, Katar und Saudi-Arabien gibt es starke, extremistische Kräfte, die den Islamischen Staat unterstützen. Das ist ein mehr oder weniger offenes Geheimnis. Erinnern Sie sich noch an die Filmaufnahmen des IS, der mit hunderten Toyota-Pick-ups durch die irakische Wüste fuhr? Ein saudischer Geschäftsmann, einer der mehr als 5.000 Prinzen des Königreichs, hatte in Japan 10.000 dieser Fahrzeuge gekauft, die daraufhin allesamt in den Händen des IS landeten. Nach wie vor gibt es reichlich Extremisten in den Ölstaaten, die genau das wollen, was die brutalen Kämpfer im Irak, in Syrien oder eben in Nordafrika anstreben: einen islamischen Gottesstaat. Unsere Geheimdienste und damit auch unsere Regierungen sind darüber bestens informiert, aber niemand will diese

Fakten offen aussprechen – zu wichtig ist es, den Fluss des Öls aufrecht zu erhalten.

Die Kluft zwischen den Regierungen, die dem Westen mehr oder weniger aufgeschlossen gegenüberstehen – schließlich möchte niemand auf die Annehmlichkeiten der modernen Welt verzichten – und den Extremisten, wird dabei immer tiefer. Vor allem das Königshaus in Saudi-Arabien sieht sich zunehmend selbst durch die islamistischen Kämpfer bedroht. Die Ideologie von Al-Qaida und besonders die des IS ist ganz weitgehend identisch mit der des Wahhabismus, und es ist kein Zufall, dass der Quasi-Staat des IS sehr dem frühen Saudi-Arabien des 18. Jahrhunderts ähnelt. Das Königshaus kann allerdings nicht zu offen gegen die Wahhabiten vorgehen, zu groß ist die Gefahr eines Bürgerkriegs. Unternimmt das Haus Saud jedoch zu wenig, wird es nicht nur seine westlichen Verbündeten verlieren, sondern auch von den Extremisten gestürzt werden. Grund dafür ist allerdings die eigene Politik: Die Prinzen leben in ihren goldverzierten Palästen in schier unvorstellbarem Luxus, während es der Rest der Bevölkerung kaum schafft, genug Essen für die eigenen Kinder auf den Tisch zu bekommen. Deshalb gewinnen die Extremisten stetig an Einfluss hinzu, und das Königreich versucht gegenzusteuern.

Sie erinnern sich doch gewiss, dass laut Frau Merkel und den Medien unsere Landesgrenzen mit einer Länge von 3.621 Kilometer nicht zu sichern sind? (Gut, das war in der Zeit vor Corona.)

Allerdings baut Saudi-Arabien mit Hilfe deutscher Unternehmen wie etwa Airbus derzeit an 9.000 Kilometer langen Grenzbefestigungen, die mit Wachtürmen, Radaranlagen sowie Wärme- und Bewegungssensoren ausgestattet sind. Zudem sind über 200 Bundespolizisten im Königreich im Einsatz, um die saudischen Sicherheitskräfte im Grenzschutz auszubilden. Die Polizeibeamten werden allerdings nicht von den Saudis bezahlt, sondern vom deutschen Steuerzahler. Das bedeutet, während die deutschen Landesgrenzen unbewacht bleiben, benutzt die Bundesregierung unsere Steuergelder dafür, die Grenzen von Saudi-Arabien zu schützen.

Dahinter steht allerdings die blanke Furcht vor den Konsequenzen, sollte das Haus Saud jemals fallen. Denn dann würden die wertvollen Ölquellen aller Wahrscheinlichkeit nach in den Händen der Extremisten landen und was das für die westliche Welt bedeuten würde, vermag sich vermutlich jeder vorzustellen.

Der traditionelle Islam ist mehrheitlich friedlich. Jedoch weigert er sich, sich zu integrieren. Er verlangt eine Anerkennung seiner Lebensweise. Das schafft Probleme. Man denke nur an gewisse Länder, die in Deutschland den Bau von tausend Moscheen finanzieren und auf Religionsfreiheit pochen, aber selbst allen anderen Religionen außer ihrer doch eher unfreundlich gegenüberstehen.

Bei allem Pragmatismus sollte das die Bundesregierung nicht daran hindern, diese offensichtlichen Probleme offen anzusprechen.

Natürlich habe ich die Lage hier stark vereinfacht dargestellt, über dieses komplexe Thema könnte man Dutzende Bücher schreiben. Aber nur weil eine Antwort einfach ist, muss sie nicht unbedingt falsch sein.

Die muslimische Welt liegt 400 – vielleicht 500 – Jahre hinter der so genannten westlichen Welt zurück. Und zusätzlich gibt es deren religiöse Hierarchie, die das genauso haben will. Leute, die an der Macht sind, begünstigen nie einen Systemwechsel, bei dem ihre Macht schwindet. Das trifft natürlich auch auf die westliche Welt zu, keine Frage. Die römisch-katholische und die orthodoxe Hierarchie – deren Würdenträger ebenfalls in vorsintflutlicher Kleidung herumlaufen – sind ebenso schuldig daran wie die Mullahs.

Der Unterschied ist, dass der Einfluss der christlichen Hierarchien im Laufe der Zeit an Bedeutung verlor, während er in den muslimischen Hierarchien stets zugenommen hat. Sie haben – wie wir jeden Tag an Beispielen sehen – Tausende, Zehntausende, vielleicht viele Hunderttausende Gläubige, die bereit sind, ihr Leben zu opfern. Und das nur, weil ihnen ihre Mullahs sagen, dass es Allahs Wille sei und dass sie in den Himmel kommen würden, wo sie die Aufmerksamkeit dankbarer 72 Huris genießen dürfen, wenn sie nur einen, zwei oder noch besser 100 Ungläubige mit in ihren den Untergang reißen. Welcher Christ, Jude oder Hindu kann dies schon sich behaupten?

Andere Nationen, in denen ein Mittelweg zwischen einem modernen Staat und dem muslimischen Glauben gefunden wurde, wo sich sogar Frauenrechte etablierten – diese Nationen sind anderen Ländern und ihren extremistischen politischen und religiösen Führern natürlich ein Dorn im Auge.

Aber nur, wenn die westliche Welt mit diesen aufgeschlossenen Nationen zusammenarbeitet, kann vielleicht eine Lösung gefunden werden, die nicht im Blutvergießen endet.

*

Wir sehen, eine Stabilisierung der Krisenregionen ist also gleich in mehrfacher Hinsicht in unserem Interesse. Wie bereits im Roman erwähnt, liegt Mali im Goldgürtel Westafrikas. Neben Gold sind in der Region noch große Vorkommen an Uran, Erdöl, Erdgas und weitere für uns bedeutende Rohstoffen zu finden. Und natürlich möchten wir auf diese Rohstoffe auch weiterhin Zugriff erhalten. Unsere Wirtschaft ist darauf angewiesen, dass der Zufluss an Rohstoffen ungestört läuft. Im Jahr 2018 erschien eine Meldung auf t-online, dass in Sambia ein mehr als ein Kilogramm schwerer Smaragd gefunden wurde. Gut, außer Fachleuten wird das kaum jemanden interessiert haben, aber ein Nebensatz verdeutlicht, warum wir uns in der Region engagieren: Der leuchtend grüne Kristall mit 5.556 Karat gehörte zu 75 % dem Unternehmen Gemsfield und zu 25 % der Regierung Sambias. Das bedeutet, ausländische Unternehmen beuten die lokalen Rohstoffvorkommen aus und speisen die jeweiligen Regierungen mit einem Viertel des Gewinns ab. Ein solches Verhalten liefert den islamistischen Extremisten jedoch nur noch mehr rhetorische Munition für ihren Propagandakrieg sowie den realen Kampf gegen den Westen

Natürlich unterhält die Bundesregierung in Afrika Entwicklungsprojekte; laut Bundesministerium für wirtschaftliche Zusammenarbeit und Entwicklung (BMZ) allein 2016 im Wert von etwa 11 Milliarden Euro in sieben Ländern. Setzen wir das nun in Relation zu den etwa 50 Milliarden Euro oder mehr pro Jahr, die der deutsche Steuerzahler für die Versorgung von Flüchtlingen aufbringt, welche seit 2015 in unser Land gekommen sind. Wären diese Milliarden in Afrika – sozusagen vor Ort – nicht viel besser angelegt gewesen?

Und nur zum Vergleich: China investierte im selben Jahr in 23 Ländern Afrikas rund 40 Milliarden Euro. Allerdings steckt China sein Geld in die Infrastruktur, baut Straßen, Stadien, Krankenhäuser und richtet ein modernes 5G-Drahtlosnetzwerk ein, während die deutschen Entwicklungshelfer neuerdings Kurse über Gleichheit, Gender, Windparks und Klima anbieten. Die zentralen Probleme im Bildungs- und Gesundheitswesen werden hingegen nicht angegangen. Wer dies jetzt für einen schlechten Scherz hält, der möge es bitte auf der Homepage des BMZ selbst nachlesen.

Und wo ich gerade beim Thema Umwelt bin: Ein großer Teil unseres Biotreibstoffs kommt aus Afrika. Teile der Bundesregierung verweisen ja immer wieder ganz stolz auf diesen Beitrag zum Umweltschutz und das gute Gefühl, dass wir haben sollen, wenn wir diesen Sprit kaufen. Möchten Sie wissen, wie der Biotreibstoff zustande kommt? Einer der großen Mineralölkonzerne macht einem beliebigen Präsidenten/Diktator in Afrika ein großes Geldgeschenk. Ohne dieses Geschenk wird der Vertreter des Konzerns auch erst gar nicht zum jeweiligen Staatsoberhaupt vorgelassen. Wenn das Geschenk groß genug war, sagen wir einmal so 100 Millionen Dollar, dann ist besagter Präsident/Diktator in sehr guter Stimmung, der Konzernvertreter kann seine Bitte vortragen und dabei sicher sein, ein offenes Ohr zu finden. Wenn besagter Konzern nun darum bittet, sagen wir ein Sechstel der vorhandenen Agrarflächen des Landes überschrieben zu bekommen und dort Mais oder Zuckerrohr für Biotreibstoffe anzubauen, dann gestattet der Staatsmann das selbstverständlich. Natürlich müssen die örtlichen Bauern zuvor enteignet und vertrieben werden, das besorgt dann die Armee des besagten afrikanischen Landes. Die Soldaten stammen in der Regel aus der gleichen Volksgruppe (Stamm) wie der Präsident/Diktator; das handhaben die meisten Staatsmänner in Afrika so, was ihr Leben leichter und erheblich länger macht. Die Bauern, die enteignet werden sollen, gehören natürlich einer anderen Volksgruppe an, weswegen es bei der Vertreibung leider oft zur Gewaltanwendung kommt. Der Konzern übernimmt nun die freigewordenen Nutzflächen und baut dort Mais oder Zuckerrohr an, um ihn zu Biotreibstoff weiterzuverarbeiten. Dass auf den ehemaligen landwirtschaftlichen Nutzflächen nun gentechnisch veränderte Pflanzen in Monokultur wachsen oder dass die Verarbeitung das ohnehin viel zu knappe Trinkwasser aufbraucht, verschmutzt und vergiftet, dass die Arbeitsbedingungen in diesen Anlagen weder den Umwelt- noch den Sicherheitsstandards genügen – wen stört das schon? Wir müssen schließlich die ganze Welt retten, da kann auf solche Kleinigkeiten keine Rücksicht genommen werden. Und die Angehörigen der vertriebenen Volksgruppen müssen eben sehen, wo sie bleiben; sie sind nun Flüchtlinge. Solche Dinge geschehen mittlerweile in vielen Ländern Afrikas und dieses Verhalten der Konzerne trägt erheblich dazu bei, dass Flüchtlingsströme entstehen und radikal-islamistische Gruppen wie der IS stetig an Macht und Einfluss gewinnen. Ich persönlich halte es für reinen Wahnsinn, Lebensmittel im wahrsten Sinne des Wortes zu verbrennen; Lebensmittel, die nun zur Ernährung der Menschen in Afrika nicht mehr zur Verfügung stehen. Haben Sie jetzt immer noch ein gutes Gefühl, wenn Sie Biosprit tanken?

*

Es sollte doch für jeden klar ersichtlich sein, dass man die Massenmigration der perspektivlosen afrikanischen Jugendlichen nur verhindern kann, wenn sie in ihrer Heimat Bildung, sinnvolle Arbeit und ein halbwegs anständiges Einkommen vorfinden. Viele Stimmen – vor allem in den NGOs – fordern daher eine Aufstockung der Entwicklungshilfe. Leider muss man sagen, dass diese NGOs das Schicksal der afrikanischen Bevölkerung nicht gelindert, sondern wesentlich verschlechtert haben. Die NGOs haben ein großes (finanzielles) Interesse daran, die Flüchtlinge hier in Deutschland zu versorgen, und eben nicht die Lebensbedingungen in Afrika zu verbessern. Schlimmer noch, Spendengelder sind in privaten

Schatztruhen von Hilfsorganisationen und korrupten Regierungschefs verschwunden, die kein Interesse daran haben, die für sie lukrativen Zustände zu verbessern. Die beteiligten Personen kümmert es in der Regel herzlich wenig, ob es der Bevölkerung in Afrika an sauberem Trinkwasser mangelt, ob Stromausfälle die Regel und nicht die Ausnahme sind, oder ob die ungenügende Hygiene für die hohe Kindersterblichkeit verantwortlich ist. Für sich selbst haben sie derweil gut gesorgt und können sich gleichzeitig noch damit brüsten, ein moralischer Mensch zu sein – eine echte Win-Win-Situation sozusagen. Auch ihre in das Geschäft eingebundenen afrikanischen Partner haben ausgesorgt, was an der einfachen Tatsache festzumachen ist, dass die meisten dortigen Regierungschefs einen gepanzerten Mercedes Benz fahren und über millionenschwere Konten in der Schweiz verfügen. Afrika verliert währenddessen durch die Massenmigration einen erheblichen Teil seiner gebildeten Bevölkerung, der es möglich wäre, die Zustände auf dem Kontinent tatsächlich zu verändern.

Wenn ich es zynisch auf den Punkt bringen soll, baut Deutschland in Afrika Frauenhäuser in denen über den Klimawandel referiert wird, während China voll auf die wirtschaftliche Entwicklung des Kontinents setzt und so Wohlstand und eine Zukunftsperspektive schafft.

Auf die afrikanischen Rohstoffe will unsere Regierung jedoch nicht verzichten und meiner Meinung nach ist das einer der Hauptgründe dafür, dass wir uns ausgerechnet immer in den Krisengebieten engagieren, in denen wichtige Rohstoffvorkommen zu finden sind oder vermutet werden.

Es gab einmal jemanden, der diese Fakten offen ausgesprochen hat und dafür am Ende von seinem Amt zurückgetreten ist. Ich beziehe mich hierbei auf Herrn Horst Köhler, der vom 1. Juli 2004 bis zu seinem Rücktritt am 31. Mai 2010 unser Bundespräsident war.

Nach seinem Besuch der Bundeswehrtruppen in Afghanistan Ende Mai 2010, befand sich Bundespräsident Köhler auf dem Rückflug nach Deutschland. Während eines Interviews fragte ihn ein Reporter, ob das bestehende Afghanistanmandat ausreiche, weil sich Deutschland inzwischen in einem Krieg befinde, oder ob wir ein klares Bekenntnis zu dieser kriegerischen Auseinandersetzung brauchen würden beziehungsweise einen neuen politischen Diskurs.

Köhlers Antwort lautete wörtlich: „Nein, wir brauchen einen politischen Diskurs in der Gesellschaft, wie es kommt, dass Respekt und Anerkennung zum Teil doch zu vermissen sind, obwohl die Soldaten so eine gute Arbeit machen. […] Wir kämpfen dort auch für unsere Sicherheit in Deutschland, wir kämpfen dort im Bündnis mit Alliierten, mit anderen Nationen auf der Basis eines Mandats der Vereinten Nationen, einer Resolution der Vereinten

Nationen. […] Meine Einschätzung ist aber, dass insgesamt wir auf dem Wege sind, doch auch in der Breite der Gesellschaft zu verstehen, dass ein Land unserer Größe mit dieser Außenhandelsorientierung und damit auch Außenhandelsabhängigkeit auch wissen muss, dass im Zweifel, im Notfall auch militärischer Einsatz notwendig ist, um unsere Interessen zu wahren, zum Beispiel freie Handelswege, zum Beispiel ganze regionale Instabilitäten zu verhindern, die mit Sicherheit dann auch auf unsere Chancen zurückschlagen negativ, bei uns durch Handel Arbeitsplätze und Einkommen zu sichern. Alles das soll diskutiert werden und ich glaube, wir sind auf einem nicht so schlechten Weg. […] Es wird wieder sozusagen Todesfälle geben. Nicht nur bei Soldaten, möglicherweise auch durch Unfall mal bei zivilen Aufbauhelfern. […] Man muss auch um diesen Preis sozusagen seine am Ende Interessen wahren. […]"

Horst Köhler: 22. Mai 2010 in einem Interview mit dem Deutschlandradio

Die SPD und die Grünen haben Horst Köhler für diesen Satz jedoch scharf kritisiert und ihm vorgeworfen, seine Äußerungen stimmten weder mit der Rechtsgrundlage noch mit der politischen Begründung des Bundeswehreinsatzes am Hindukusch überein. Köhler müsse seine Bemerkung zurücknehmen, forderte der damalige Grünen-Fraktionschef Jürgen Trittin. Es sei mit der Verfassung nicht zu vereinbaren, bewaffnete Außenhandelspolitik zu betreiben. „Wir brauchen weder Kanonenbootpolitik noch eine lose theoretische Deckkanone an der Spitze des Staates", so Trittin weiter.

Von den Medien heftig befeuert, entwickelte sich eine regelrechte Hetzjagd gegen den damaligen Bundespräsidenten. Alle Versuche Köhlers, die Aussage klar in den Fokus der UN-Mission zu rücken, fanden in der Öffentlichkeit kaum Widerhall. Die mediale Übermacht der Kritiker war nahezu absolut und auch die Medien selbst unternahmen alles, um den Bundespräsidenten negativ darzustellen. Mancher Kommentator unterstellte Köhler sogar »imperialistische Ambitionen«.

Am 31. Mai 2010 erklärte Bundespräsident Köhler überraschend seinen sofortigen Rücktritt vom Amt des Bundespräsidenten: „Meine Äußerungen zu Auslandseinsätzen der Bundeswehr vom 22. Mai dieses Jahres sind auf heftige Kritik gestoßen. Ich bedaure, dass meine Äußerungen in einer für unsere Nation wichtigen und schwierigen Frage zu Missverständnissen führen konnten. Die Kritik geht aber so weit, mir zu unterstellen, ich befürwortete Einsätze der Bundeswehr, die vom Grundgesetz nicht gedeckt wären. Diese Kritik entbehrt jeder Rechtfertigung. Sie lässt den notwendigen Respekt für mein Amt vermissen. Ich erkläre hiermit meinen Rücktritt vom Amt des Bundespräsidenten – mit sofortiger Wirkung. Ich danke den vielen Menschen in Deutschland, die mir Vertrauen entgegengebracht und meine Arbeit unterstützt haben. Ich bitte Sie um Verständnis für meine Entscheidung. Verfassungsgemäß werden nun die Befugnisse des Bundespräsidenten durch den Präsidenten des Bundesrates wahrgenommen. Ich habe Herrn Bürgermeister Böhrnsen über meine Entscheidung telefonisch unterrichtet, desgleichen den Herrn Präsidenten des Deutschen Bundestages, die Frau Kanzlerin, den Herrn Präsidenten des Bundesverfassungsgerichts und den Herrn Vizekanzler. Es war mir eine Ehre, Deutschland als Bundespräsident zu dienen."

Die Kritiker hatten gewonnen und viele triumphierten. Köhler selbst äußerte sich erst im Juni 2011 in einem Interview mit der Wochenzeitung Die Zeit, wo er erstmals über Gründe seines Rücktritts sprach. Darin erklärte er: „Die Angriffe auf mich im Zusammenhang mit meinen Äußerungen über sicherheitspolitische Interessen Deutschlands waren ungeheuerlich und durch nichts gerechtfertigt".

Ich vertrete die Ansicht, dass Horst Köhler damals mit Absicht missverstanden wurde, um ganz spezielle parteipolitische Ziele zu erreichen. Damals hielt die Euro-Krise alle Länder fest im Griff und die Einführung des Europäischen Stabilitätsmechanismus (ESM – auch bekannt unter Euro-Rettungsschirm) stand bevor. Köhler hatte eine Unterzeichnung des Euro-Rettungsschirms stets abgelehnt.

Aber lassen wir uns noch einmal in Ruhe die Aussagen des damaligen Bundespräsidenten durch den Kopf gehen, die diesen „Skandal" auslösten:

„Meine Einschätzung ist aber, dass insgesamt wir auf dem Wege sind, doch auch in der Breite der Gesellschaft zu verstehen, dass ein Land unserer Größe mit dieser Außenhandelsorientierung und damit auch Außenhandelsabhängigkeit auch wissen muss, dass im Zweifel, im Notfall auch militärischer Einsatz notwendig ist, um unsere Interessen zu wahren, zum Beispiel freie Handelswege, zum Beispiel ganze regionale Instabilitäten zu verhindern, die mit Sicherheit dann auch auf unsere Chancen zurückschlagen negativ, bei uns durch Handel Arbeitsplätze und Einkommen zu sichern."

Herr Köhler sagte, dass ein Land seine Interessen wahren und seine Handelswege offen und sicher halten müsse. Im Notfall auch mit militärischem Einsatz. Die meisten Nationen betrachten diesen Standpunkt als einen der Eckpfeiler ihrer Außen- und Sicherheitspolitik, und das mit wesentlich mehr Gewicht als Deutschland. Ich kann in dieser Aussage nichts entdecken, was den Rücktritt eines geachteten Bundespräsidenten erfordern würde.

Im Gegenteil, diese Aussagte deckte sich mit den Formulierungen des 2006 von der Bundesregierung veröffentlichten Weißbuchs der Bundeswehr und sind dort heute noch nachzulesen.

Und 2008 hatte die CDU/CSU-Fraktion des Bundestags eine Sicherheitsstrategie für Deutschland veröffentlicht, in der es heißt: „Die Herstellung von Energiesicherheit und Rohstoffversorgung kann auch den Einsatz militärischer Mittel notwendig machen, zum Beispiel zur Sicherung von anfälligen Seehandelswegen oder von Infrastruktur wie Häfen, Pipelines, Förderanlagen etc."

Auszüge aus späteren Weißbüchern der Bundeswehr erspare ich Ihnen an dieser Stelle, aber die Texte gleichen sich alle. Angehörige der Bundesregierung griffen im Verbund mit den Medien also den eigenen Bundespräsidenten dafür an, dass er das publik machte, was sie selber zuvor in ihren Richtlinien für die Energie- und Versorgungssicherheit Deutschlands niedergeschrieben hatten. Horst Köhler sprach damals eine unangenehme Wahrheit aus, die man der Bevölkerung aus politischem Taktieren heraus lieber nicht aufs Brot schmieren wollte. Die Heuchelei und Niedertracht, die dahintersteckt, ist kaum zu bemessen.

Wenn also von Seiten der Politik wieder einmal von »Friedensmissionen« oder »humanitären Einsätzen« gesprochen wird, dann wissen Sie jetzt, was Sie davon halten sollten …

Wer die Wahrheit sagt, braucht ein schnelles Pferd.
Chinesisches Sprichwort

Ihre Zufriedenheit ist unser Ziel!

Liebe Leser, liebe Leserinnen,

hat Ihnen unser Buch gefallen? Haben Sie Anmerkungen für uns? Kritik? Bitte zögern Sie nicht, uns zu schreiben. Wir werden jede Nachricht persönlich lesen und beantworten.

Schreiben Sie uns: info@ek2-publishing.com

Wussten Sie schon, dass Sie uns dabei unterstützen können, deutsche Militärliteratur sichtbarer zu machen? Bitte nehmen Sie sich einen Moment Zeit und bewerten Sie dieses Buch auf Amazon. Viele positive Rezensionen führen dazu, dass das Buch mehr Menschen angezeigt wird.

Sie können somit mit wenigen Minuten Zeitaufwand unserem kleinen Familienunternehmen einen großen Gefallen tun. Vielen Dank für Ihre Unterstützung!

PS: In seltenen Fällen kommt ein Buch beschädigt beim Kunden an. Bitte zögern Sie in diesem Fall nicht, uns zu kontaktieren. Selbstverständlich ersetzen wir Ihnen das Buch kostenlos.

Taxi nach Kabul

Im Jahr 2011 bereiten die Taliban im umkämpften Afghanistan eine große Offensive vor. Zu dieser Zeit operieren zwei Einheiten der Bundeswehr im US-Sektor des Landes. Der erfahrene Berufssoldat Jürgen Krüger führt eine Kolonne von Fahrzeugen zu einem entlegenen Bergdorf, um vor Ort humanitäre Hilfe zu leisten. Und Wolfgang »Wolf« Carstens und sein KSK-Trupp spähen für die Amerikaner Positionen der Taliban aus.
Routine gibt es nicht in Afghanistan, und so sind Krüger und Wolf aufs Äußerste angespannt, als sie die sicheren Mauern des ISAF-Camps hinter sich lassen. Beide wissen zunächst nichts voneinander. Auf sich gestellt, geraten sie in den Strudel der Ereignisse und werden wiederholt in Kämpfe verwickelt. Schließlich bricht die Funkverbindung zusammen, beide Trupps sind von der Außenwelt abgeschnitten. Gehetzt von den Taliban und einem abtrünnigen lokalen Kriegsherrn, müssen sie alle ihre Fähigkeiten einsetzen, um zu überleben …

Ein weiteres Abenteuer mit Volkmann, Sternberg und Neubert

ISAF-Einsatzveteran der Bundeswehr Stefan Köhler und Military-Fiction-Spezialist Tom Zola nehmen Sie mit auf die gefahrvolle Reise an den Hindukusch, wo in den späten 2000er Jahren der Krieg zwischen der NATO und den Terroristen seinem Höhepunkt entgegensteuert.

Erleben Sie, wie deutsche Infanteristen zwischen Sprengfallen, Überfällen, Drogenhandel, politischen Ränkespielen und dem Leid der Zivilbevölkerung pflichtbewusst ihren Dienst versehen, während er gnadenlos wütet: der Krieg in Afghanistan. Die beiden Autoren legen eine schonungslose Schilderung des Bundeswehr-Kampfeinsatzes vor. Stefan Köhler, der selbst in Afghanistan verwundet worden ist, lässt dabei persönliche Erfahrungen und Erlebnisse in seine Erzählung einfließen.

Printed in Poland
by Amazon Fulfillment
Poland Sp. z o.o., Wrocław

87146185R00082